貧窮旅程的光影情書（回家版）

馮志康 著

貧窮旅程的光影情書（回家版）
作者／馮志康
總編輯／馬鎮梅
策劃／廖迎祺
責任編輯／楊碧瑤　伍詠慈
美術設計／何雋
出版發行／突破出版社
香港沙田亞公角山路33號突破青年村
電話：2632 0000　傳真：2632 0388
電郵：breakthrough@breakthrough.org.hk
網址：http://www.breakthrough.org.hk
http://www.btproduct.com
承印／陽光印刷製本廠
2003年10月初版
2006年8月2版
2011年7月3版1刷

To the Needy Lands & Journey Home
by Fung Chi-hong
First Edition, October 2003
Second Edition, August 2006
First Printing, Third Edition, July 2011

ISBN 978-988-8073-41-2

誠邀閣下就突破出版社的書籍發表意見。
請登上 www.btproduct.com/book，在「讀者回應卡」頁面內填寫。謝謝。
歡迎加入突破書籍 Facebook — http://www.facebook.com/btbooks
本書採用環保油墨印刷

City & Me

目錄

回家，在豐饒中瞥見貧窮

附錄：得獎心語

在出發前

記不起是什麼時候開始，可能是高小，也可能是初中，心中常有一個念頭：提起背包，跑往世界最窮乏的角落——就是那些許多人穿不暖、吃不飽的地方。跑去幹什麼？不知道。隱約覺得在那裏會找到一些城市裏找不到，而我又渴求的東西，但那是什麼？未曉得。

如果人一定要有夢想，我少年時的夢想就是要到貧窮的地方去流浪。

又記不起打從什麼時候開始，可能是大專時期吧，這個夢漸告淡忘。當時我主修的學系，還是相當實用的紡織工藝。畢業後，找了份朝九晚不定時的製衣工作，打算如此這般度過餘生。流浪？太不實際了。

料不到，人生的途程來了個急轉彎：半年後我跑去當記者，輾轉再當上攝影記者，足迹也漸漸外移，由香港的家跑到國外，好些更是貧窮落後、或匱乏之處。

我曾置身菲律賓的「垃圾山」，目睹有人在那裏討生活；到過巴西，在街頭跟街童打交道；探訪內地的山區，體會什麼是家徒四壁……踏足窮乏的土地多了，小時候渴求的東西也漸漸清晰起來，原來自己要追求的，就是簡樸生活所展現的美善人性。

生活窮困的人，過着的是最簡單的生活：吃、喝、拉、撒、睡；不用記掛為下星期吃飯預訂座位，因為不知道明天是不是還有吃的；也不用為下學期可不可以升班操心，因為不曉得明天是否還可以上學。然而，物質的貧乏，並非必然性指向抑鬱和不滿；沒有了物質誘發的慾望和空虛，人們活得更自由、更純美，心靈更富足。

看似一無所有，卻又一無所缺的生活智慧，是我這幾年東奔西跑的最大收穫。貧窮土壤之旅遇上的人、物和事，在我生命中留下啟迪，叫我終身受用。感激的心，思念之情，與日俱增。我試着執筆，把心中對他們的道謝，化成書信。當他們那份純樸、美善，再次展現之際，我深願你的心靈空間，也給拓闊了，可以盛載他們的祝福。

Departures
南面
South
離港
南面
South

出發，在貧窮中發現豐富

桃源以外的

菲律賓

1898

菲律賓共和國（Republic of the Philippines），於 1898 年從西班牙的殖民統治中獨立。

300,000

面積約 300,000 平方公里，從北到南長達 1,000 公里，由 7,107 個島嶼組成，稱為「千島之國」。

80.9%

人口約 92,200,000，全國人口 80.9% 信奉天主教。

1,080

新興工業國家及新興市場之一，經濟以農業及工業為主，旅遊資源豐富。國民每年平均收入為 1,080 美元。

Manila

首都馬尼拉。

Tropical

菲律賓屬熱帶氣候，位處颱風地帶，加上近年全球氣候變化，每年吹襲的颱風激增，深深威脅這千島之國。

14

全球快樂指數排名：14。

菲律賓人以每年九月至翌年一月來慶祝聖誕節，是全世界用最長時間來慶祝的國家。

我對菲律賓的認識，並不深入。

在我的理解中，這國家經濟落後，所以國人要跑到國外謀生。我家沒有菲傭，對這個沒什麼可説。

我也曾因工作和旅遊到過菲律賓。在長灘島（Boracay）潛水，給我留下美好的回憶：那兒晴空蔚藍，海洋清澈澄碧，珊瑚礁七彩繽紛，像煞一個世外桃源。

在 2001 年，想不到會以「無國界醫生」義務攝影師的身分踏足這國家，看到她真實的另一面，深入認識她的窮乏。

無國界醫生在菲律賓拯救的人，不是槍炮下的傷者，而是街頭流連的街童。2004 年底法新社的一篇報道指，單在首都馬尼拉，街童人數估計有七十萬。不過，真實的數字，就是菲律賓政府也無法算出來。

不少兒童，或因家境，或遭家人遺棄等種種緣故，淪為街童，掙扎求生。為了生存，他們甚至會牽涉進販毒、賣淫、搶劫等勾當。戰場是城市裏的大街小巷，不為人留意的路邊暗角。街童揭示的貧窮、衞生、治安、毒品等問題，成了這大城市的毒瘤，威脅着她的生命。

只有十三歲的未婚媽媽，帶着幾個月大的兒子在街頭流連；垃圾山上成千上萬的蒼蠅圍着我亂飛，這場戰爭叫人觸目驚心。時至今日，仍有近三萬人「定居」垃圾山，其「臭名」遠播，成了菲律賓的貧困標誌。

在遊樂場外一個黑暗的角落，瞥見一個母親帶着兩名女兒瑟縮在破爛的帳篷內。我深深體會到貧富懸殊這問題的嚴峻、沉重。貧與富的鴻溝，為什麼日益無法逾越？為什麼幾乎變得理所當然？

正當醫學界宣佈要解開人類基因密碼之迷，這裏的街童渴望得到的醫治，是他們身上很原始的皮膚病。正當各國領袖不斷開會要促進經濟發展，這裏的街童不過是想吃得飽、穿得暖。

我隨着無國界醫生的工作人員，到街上四出給街童檢查身體、診病、派發日用物資。這些街童跟別國的兒童、少年一樣，就是無論環境如何惡劣，總能把笑容掛在臉上，總能在艱難的生活裏找到一點樂趣。貧困不能叫他們與歡笑隔絕。

他們樂天的笑臉，在鏡頭裏不斷綻放，如向日葵，點燃了我……

HETODA
MALABON

有個小小心願的街童：

那晚在碼頭旁的空地上遇上你，你正跟同伴玩得興高采烈。沒有滑板，沒有滾軸溜冰鞋，沒有「子彈仔」，但你們跑跑跳跳，快樂得忘形。我們的出現，或許令你們的情緒更高漲吧。你和同伴繞着我團團轉。你們的天真爛漫，對我手上照相機的好奇，都令我留下深刻印象。

提到菲律賓的街童，在許多人腦海浮現的，或許就是那些一身污穢、在街上溜達的野孩子；只會在車龍中穿梭，向遊人兜售，甚或討錢。當晚你不斷拉着我，要我跟你和同伴一起玩，又帶我遊覽你們下榻的「別墅」——一艘給人棄置的破船。你其實跟別國的少年人一樣，只想在使你不由自主的環境中，找點生活趣味。

不過，最觸動我的，是你忽然向我訴說你希望有一雙拖鞋，請求我的餽贈。我有點措手不及，那刻才驚覺你赤着腳玩耍，原來是因為沒鞋子可穿。我還以為你玩得忘形，連鞋子也掉了。請原諒我的愚昧。

你知道麼？如果當時你跟我討錢，我會很反感，覺得你始終敵不過貪婪。然而你什麼也沒要，只單單要一雙拖鞋。這該是生活的必需品，你卻要開口向一個陌生人討。我實在為社會未能給你提供這基本的生活需要而感到羞惡。

在我居住的城市，人們日以繼夜地追逐，目的就是不斷去擁有。最後他們擁有很多很多，但絕大部分是不必要的。你可能不相信，我認識的女士中，擁有超過三十雙鞋子的，大有人在；而她們跟你和我一樣，只有一雙腳。相比之下，你比他們來得有智慧，因為你清楚知道自己最需要的是什麼。

當然我無法拒絕你這個簡單的要求。次日，我們最重要的任務，就是買好幾雙拖鞋，和女孩子生活的必需品給你和你的同伴。但遺憾的是因行程的安排，我無法親手拿去送給你，只能託無國界醫生的工作人員代勞。

不知道你看到這封信時，是不是仍穿着我們送給你的拖鞋？

祝願以後的日子，你不用再赤着腳，踩踏在那時而燙腳，時而冰冷的地上。也深願你不用再住在那所「別墅」，能找到一個真正屬於自己的家。

康

NO
PARKING

遊樂場外的三位少年：

一個沒有星的晚上，我在馬尼拉一個遊樂場外。遊樂場內五光十色的燈光，顯得格外明亮。四周的大氣給映照得紅黃藍綠，像淘氣的小孩拿着彩筆在空中亂塗。

旋轉木馬不停地轉圈，令耀眼璀璨的燈光更加躍動。我舉起照相機，要把這美麗的圖畫變成動人的照片。但就在按下快門的剎那，我的指頭僵住了——這是長年練就的一種本能反應。透過觀景器看到的畫面依然美麗，但總覺欠缺了什麼，所以指頭本能地停下來。

放下照相機，思索了一會，終於找到答案。遊樂場該是個帶來歡樂的地方，但那刻我卻聽不到半點歡笑或尖叫：想必是遊樂場快要關門，顧客都已散去。擴音器傳來的音樂雖然悅耳，但沒有歡笑聲的遊樂場，總教人有點失落。

你們可能會覺得奇怪，照片只是視覺的展現，有沒有笑聲該沒關係吧。但我最終也沒有把這景觀拍下。

我從遊樂場正門繞到側門，發現你們倚在場外的鐵欄上，不住地往裏面張望。這次我毫不猶豫，按下了快門。照片中雖然只見到你們的背，看不到你們的臉，但我卻能感受到相中人的渴望與期待。

原來你們就「住」在遊樂場旁邊一個陰暗的角落。或許不該說角落，那其實是一大片荒廢了的爛地，滿佈垃圾，瀰漫着陣陣難聞的氣味。一牆之隔，卻是兩個世界：一方璀璨繽紛，一方骯髒幽暗。漆黑中在爛地上走動，我得小心翼翼，步步為營。沿着靠遊樂場的那面牆行走，我發現了一個帳篷，住在裏面的，該是你們的鄰居吧。她二十來歲，手抱着初生的嬰兒，身邊還有一個四五歲的小女孩，女娃兒眼神充滿迷惘與無助。三人棲身在簡陋的帳篷裏。女人說下雨的時候，帳篷漏水，四處泥濘，環境很惡劣。但最要命的是，即使她願意，也不能常留在這兒，因為遊樂場的工作人員會走來驅趕在附近棲宿的人，好叫有意到遊樂場的人，不致打消遊玩的興頭。

始終我沒有走上前打擾你們。

我不知道該說什麼：安慰的話實在幫不上什麼忙；而鼓勵的話呢，可能連我自己都不相信。你們要擺脱目前的困境，不是我這偶爾路過的人，憑三言兩語，就可以叫你們振作起來，找到脱貧的契機，然後一切變得美好。世間貧富懸殊的問題，不能單憑個人意志，就可以逆轉過來。不過，我想起常常提醒自己的一句話：「我試過成功，我試過失敗；但我未嘗放棄。」把這句話送給你們，希望你們喜歡，努力生活下去。

我拿着你們的照片，告訴身邊的人，遊樂場旁住着無家可歸的人，世界貧富懸殊仍然嚴重，希望他們能付出關懷，幫助有需要的人。

我不曉得人類可有一天真能消滅貧窮（老實説，我自己也不大相信）；但我仍向上帝祈求：如果有一天跟你們再次遇上，我甚願是在遊樂場內，更願那時看到的，是你們痛快地玩樂——玩樂不是你們天生的權利嗎？

到了那一天，我會拍下人人都聽到你們歡笑聲的照片。

康

「垃圾山」上的小女孩：

給你寄出這信，地址該怎樣寫？——「菲律賓馬尼拉天堂村旁垃圾山側的破屋」？—— 不知道這樣寫，你能收到嗎？

我家鄉的一家出版社，把我替你拍的照片收錄在一本教科書內，好讓大都會裏的學生對環保和貧窮有更多認識。沒能事先徵求你的同意，請你不要介意。

你知道麼？每次有人看到這幀照片，都惘然不知道「垃圾山」究竟是什麼一回事。於是我一次又一次重複這段話：「馬尼拉有個貧民窟，名叫『天堂村』，這個垃圾山就在旁邊。垃圾山就是用垃圾堆積而成的一座山，約有二至三層樓高。一般人要手腳並用，才能爬到山頂。山頂是一個『平原』，一望無際，極目全是垃圾。照片中的你，正在垃圾堆中覓生活。」

「為什麼要住在垃圾堆？」他們問。我告訴他們，如果可以選擇，你們會住進有花園的大屋。也有人追問我當時的感覺如何。我回答說：「相片裏看不到，但當時我踩踏的垃圾堆滿佈蒼蠅。我每走一步，都會驚動成千上萬的蒼蠅漫天飛舞。牠們翅膀振動發出震耳欲聾的嗡嗡聲，叫我有一點不寒而慄。」

或許是印象太深刻的緣故，憶述的時候彷彿處身山上，甚至連那難耐的惡臭也聞到了。有人認為我說得誇張，我沒跟他們爭辯，因為沒親身經歷過，只會覺得匪夷所思，難以置信。生活無憂的人，對貧窮的想像，可能只是一片空白。

也有人打聽你的父母，可惜那天我沒機會跟你多聊，無法解答他們的疑問。你的母親可不會跟許多菲律賓女人一樣，在香港當傭人吧？我常見到本港的菲傭，直把小主人當作小皇帝般服侍。同樣是小孩子，你卻要獨自在垃圾山上為生活掙扎。

無國界醫生的工作人員曾對我説，在垃圾堆中討生活的孩子，皮膚病是一個大敵。不知道你目前的健康狀況如何？祝願有一天你可以遷離這座山，過一點像樣的生活。

康

鏡頭前的歡笑臉：

有好幾年時間，我總是拿着照相機過日子，透過鏡頭觀看世事：包括了天災人禍、悲歡離合、喜怒哀樂，一切一切。

在眾多拍攝對象中，最喜歡的就是遇上你們。你們總對鏡頭充滿好奇，在鏡頭前永遠展現燦爛的笑容。我只需要按下快門，一張張感動人心的照片就這樣出現了。無懼有人粗言相向；不怕給人追打；沒有強拆膠片的暴力；也不用偷偷摸摸。我輕省自在多了。

我說照片感動人心，並不是要吹噓自己的攝影技術了得。感動人心的元素不在於攝影技術，而在於照片中的你們。

隨着年齡的增長，成年人肩頭上的擔子愈來愈重，自然與開心快樂久違。你們為何可以這樣快樂無間？

我拿出你們的照片仔細觀察。首先發現笑容倒不是最重要的。有時成年人的笑容也很好看，但要不是由心底發出，就不能感動人心。皮笑肉不笑嘛，樣子就更難看了。

謝謝你，相片右下角用衣服蒙臉的男孩。雖然看不到你臉上的表情，但這樣反倒讓我看到真相。在你的眼睛裏，我看到一切：我看到你那份無法模仿和假裝的純真；那份樂天開朗的笑意；那份毫不做作的樸實，在在透露了快樂的祕訣。

我想，是否在我們不斷追求擁有的時候，純真和樸實就會飛掉了？對的，擁有愈多就愈怕失去，而最先丟失的就是樂天開朗。於是，快樂愈走愈遠。

請不要步這些成年人的後塵。千萬要保持你們那份樂天和純真，每天都帶着歡笑過活。

康

P.S.

還想告訴你們一件有趣的事情：不同國籍的兒童、少年，在鏡頭前都有不同的表現。在菲律賓，你們喜歡用拇指和食指作成一個 V 字，放在下巴，擺出一副相當有型有款的模樣；在巴西，他們喜歡擺出象徵世界和平的手勢；而在我的家鄉，年輕人就喜歡用食指和中指裝出 V 字的姿勢。至於別的地方，還有什麼不同的姿態，就有待我走遍天下，逐一攝進鏡頭了。

熱情樂天
巴西紀行

1889

巴西聯邦共和國（The Federative Republic of Brazil）於 1822 年從葡萄牙的殖民統治下獨立，1889 年宣佈成立共和國。

8,511,965

位於南美洲東南部，面積 8,511,965 平方公里。

74%

人口約 190,000,000，居南美洲首位，世界第五位。
74％的國民信奉天主教，13％信奉基督教。

2,710

天然資源豐富，也是南美洲中工業發展最快的國家。國民每年平均收入為 2,710 美元。

Brasilia

首都巴西利亞。

1/2

雖然巴西是南美國家中經濟增長至迅速的，但貧富懸殊之嚴重也在世界名列前茅，差不多有一半是貧窮人口。

9

全球快樂指數排名：9。巴西的足球和音樂都是世界知名的。

從來就不知道巴西在地球的哪一個角落。除了球王比利和巴西咖啡，腦內根本沒有這個國家別的資料。

畢業後找到工作，決定要助養一個孩子。那時很希望是來自非洲的小孩。據我有限的知識，非洲是貧窮飢餓的代名詞。那年在電視上看到埃塞俄比亞骨瘦如柴的兒童，他們在瀕死邊緣給我帶來的那份震撼，一直留在心中。

結果宣明會分配給我一個巴西的小女孩，Eronice。自此，知道巴西在南美洲，認識到除了非洲，還有很多地方的人正在捱餓。

1994 年，助養孩子四年後的某天，我輾轉得到一張免費來回巴西的機票。那是上帝給我的一份大禮物。

旅費緊絀，只能以公共汽車代替內陸機，卻讓我對這個陌生的國度了解更多。長途公車的旅程，載我走遍境內無數貧瘠的土地和小村落，看到窮人生活的面貌。當然，我更看到無處不在的足球龍門，連人迹罕至的荒地也會豎起兩根竹桿充撐，叫人歎服。

除了足球，叫人折服的還有巴西人的音樂和舞蹈細胞。他們將「聞歌起舞」這個詞語演繹得淋漓盡致，似乎沒有什麼事可以叫國人不想起哼歌、跳舞。教人難忘的，還有亞馬遜河。河水奔馳千軍萬馬的氣勢，震人心弦，不由地驚歎造物主的偉大。

叫人難過的是，巴西的街童問題非常嚴重。民生貧困，加上嬰兒出生率高，兒童給家人遺棄的數字高得嚇人。在街上討生活的街童，常給毒販利用作非法勾當。曾聽過這個說法：有人認為街童是社會沉重的包袱，最有效的解決方法，便是把他們「解決」，於是出現了集體謀殺街童的慘事。

我想問，誰製造了社會問題？

AMERICAN

小天使 Eronice：

我們生命中惟一一次的見面，距今已有十多年。自從你遷離宣明會助養計劃的社區，便無法再跟你聯絡。那種思念猶如體內一條幼幼的、不受控制的神經，不時牽動着。

那年你只有六歲，對不對？今天的生活可好？

從沒想過會跟地球另一邊的你見面，一張免費機票把我帶到南美洲的巴西跟你相遇。雖然我倆相處只有五天，你在我生命中留下的痕迹，卻成了我一生的祝福。不受控制的神經成為身體的一部分，影響着今天的我。

十二年前的夏天，因我較原訂行程晚了一天抵達，你心急如焚，擔心我出事。然後你的學校停了課，等待我的出現。

在掌聲、歌聲、舞蹈，和數十對好奇大眼睛的歡迎下，看着你一步一步走到我跟前。當我把手上的毛娃娃送給你，你害羞地在我臉上輕吻。我跟自己說，付出的只是微不足道的金錢，得到這樣的回報，上帝實在太厚待我了。

翻看日記，我曾這樣寫道：「小女孩一步一步走到自己跟前，只覺如在夢中，疑幻似真。如何形容此刻感受？我不太曉得。也許是激動，也許是感動。但為什麼會激動？是因為久違了、沉睡了的心靈深處某些東西給喚醒了？那又為什麼要感動？是因為那些充滿着愛與純真的歌聲和大眼睛？我真的不曉得。」

當時不曉得，但如今卻深深明白，那確是心靈深處某些東西給喚醒而產生的激動和感動。就是心靈深處那份對真、善、愛的渴求和執著。正當我對人性漸漸失去信心和期望，純真和美善竟活生生地在眼前出現。記得有一天你用軟滑的小手拖着我從學校走回家，引來近百好奇的小孩跟在後面；每次回頭，總像看見無數小天使向我微笑，短短的一段路，就如被天使拖帶着，經歷了一次心靈的洗滌。

因着語言的隔閡，五天裏我跟你和你家人談得並不多。翻譯員不在的時候，我們根本無法交談；但每一個眼神、每一個笑臉、每一次擁抱、每一次手牽手，都超越了言語溝通的限制，或許這就是我們中國人所謂的「無聲勝有聲」吧。記得告別的那天，你流着淚靜靜地依偎在媽媽身旁，我實在好捨不得，但更叫我手足無措的是，連你媽媽也哭了！彼此擁抱的一刻，我竭力地忍着眼淚，弄得牙關也打震。

我的日記曾這樣寫道：「在漫長的人生旅途中，我們只相處了短短五天，她們竟為我的離去而流淚。人生至此，夫復何求？」

想告訴你，除了心靈深處的渴求和執著給喚醒，我在你和你身邊的人身上看到了、也學到了樂天知命 —— 雖然到今天仍學得不太好。

許多人以為你們很需要援手，所以憑着那剩餘的愛心，給你們一點金錢上的幫助，然後繼續在他們自己的物質世界追尋快樂。但在你們身上，我發現物質的貧乏並非必然地指向沉重和不快；反而物質的豐裕卻往往帶來無窮的慾望和空虛。

「知足常樂」這個詞語我一點兒不陌生，但頭腦的認知跟親身的經歷總帶着叫人吃驚的差異。你抱着毛娃娃時的滿足，跟我的世界裏堆得一房滿是玩具，卻仍不滿足的小孩成了強烈對比。

衷心謝謝你和你身邊的人用生命向我示範。今天我仍竭力擺脱物質的誘惑和捆綁；追求那看似一無所有，卻又一無所缺的滿足。你抱着毛娃娃時的笑臉，常在腦海浮現，成了我的動力和支持。

雖然不知你此刻身在何處，但仍想獻上我的感謝和祝福。願你一生都幸福快樂！

康

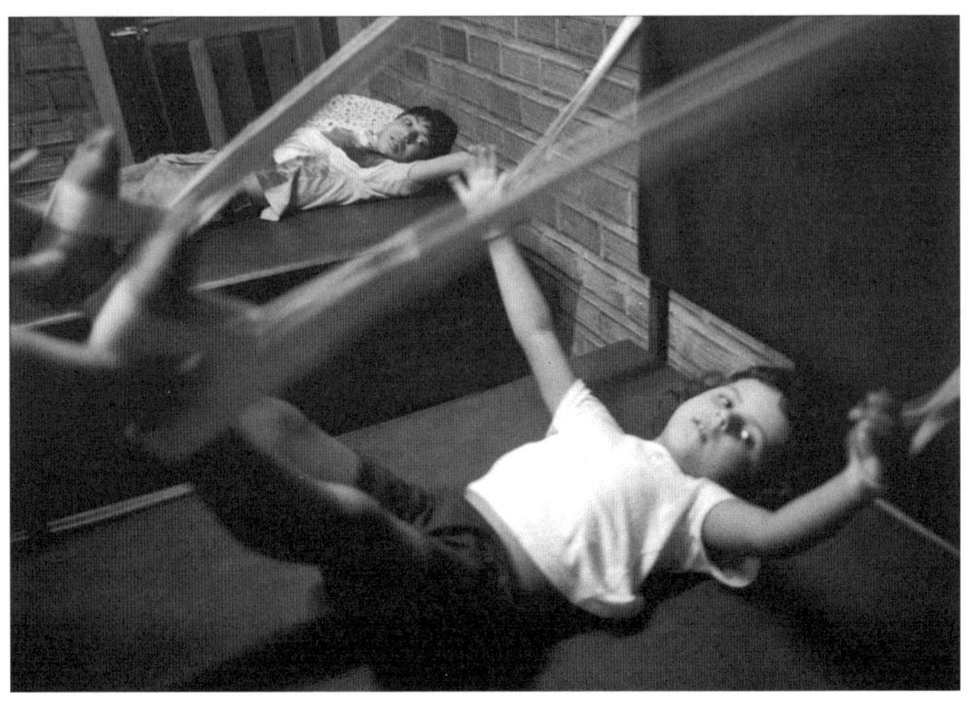

自有天地的孩子：

其實我並不知道在你們的葡文詞彙中，這地方是不是稱為「特殊學校」。只是在我的家鄉，像你們身體有缺陷或有自閉、智障的孩子，都會給安排到特殊學校上課。

你們的校園，想是善用資源，因此儘量採用自然光，環境顯得有點幽暗，跟無論晝夜都燈火通明的大城市不一樣。這樣反倒令我覺得，在節省能源方面，你們比我們成功得多。

到今天我仍想不通，為什麼在大都會，高可摩天的大廈頂層，還要安裝照明設施，讓一條條光柱射向夜空？難道我們非要與天比高，與星鬥亮不成？

感謝校方讓我在學校裏自由走動、自由拍攝；謝謝你們對我的信任。我在不同的房間穿梭，見到你們有的坐在椅上吃早飯；有的卻因為小手痙攣而要工作人員代勞；有的卻似乎不大喜歡成人的協助，硬把頭側往一邊，毫不領情；也有拿着簡陋的玩具在自得其樂。

無疑你們需要特別的照顧，但你們臉上的天真，跟一般孩子的並無兩樣，甚至更單純真摯。後來我走進一個小小的房間，我不得不放下照相機，停下腳步。

我見到一個個孩子躺在牀上，手腳大字形地給捆綁起來。當時腦中閃過這樣的一個念頭：為方便照顧，你們受到不人道的對待。細問之下，才知道原來這是醫治痙攣的一個療程。那原始的治療法，實在令人有點心寒。奇怪的是你們沒有絲毫的掙扎，也沒痛苦的表情，只瞪着那充滿好奇的大眼睛看着我的一舉一動。

終於走到一個看來像禮堂的地方，這裏空間比較大，你們跳舞的跳舞，奔跑的奔跑，還有孩子不斷在地上打滾，或者不停地把自己擠進石椅下的狹小空間。如果我不明白你們的景況，我會為你們的自得其樂而高興；但按我對自閉症有限的認識，我知道你們的跳動，是不由自主的，所以心裏不由地有點難過。

可是，有誰敢說自己可以自主地生活呢？我們多少都活得不由自主吧？

我無法全然理解、進入你們自閉的天地，也正如你們無法融入外面的世界一樣。請原諒我愛莫能助，只能企盼醫療技術能突飛猛進，早日找到徹底治療自閉症的方法。

在探訪期間，曾有這樣的一刻，我感到時間止住了：地球的轉動、時間的流逝，對你們來說是那樣的無關痛癢。在世界遺忘了的一角，你們與世隔絕地活着，平靜地活着。

鏡頭裏，你們臉上沒有笑容，也沒痛苦。即使手腳給縛着，動彈不得，眼神偶爾閃過一絲迷惘，臉上卻仍有一份天真和沉實。你們不像香港或其他大城市的青少年，不用面對沉重的功課、競爭的壓力，或者物質、罪惡的誘惑；你們恆常活在自己的天地，一個沒有擔憂、沒有爭競、沒有無窮慾念的天地。

我不能不為我居住的城市的小孩子悲哀。他們該有的開心快樂，已被編得密密麻麻的課餘學習時間表擠掉了。而作這個安排的，卻是愛他們的父母。

其實什麼是愛，有時我也搞不清。

當然對幸福和不幸，我也同樣感到迷惘。

如果你們是幸福的一羣，為什麼大城市的青少年，不能像你們一般悠然地成長？如果你們屬於不幸，那麼我們又可以做些什麼來改變？

康

反轉貝倫校園的調皮鬼：

轉眼已十多年，相信你們都已經中學畢業，離開了那天我們相遇的校園。你們還像當年那樣熱情調皮嗎？

巴西人熱情奔放是眾所周知的，而你們又是我在巴西遇到特別熱情的一羣。可會是你們居住的城市貝倫（Belem）接近赤道，天氣灼熱，使你們的感情也額外強烈？

與你們遇上的當兒，我正在街頭漫無目的地遊蕩。我剛從路邊一個商販買了多條手帶，並請他按着我想好的一個名單，把名字一一用彩線編進去。在等候這個空檔裏，我就在街上閒逛，不料遇上你們。

相片最右邊的少年人，你還記得在同學中你是第一個遇上我的嗎？你看到我手中的照相機，就立即表演「拋書雜技」，要我替你拍照。你的同學隨後趕到，也要拍照。我當然沒有拒絕。現在翻看照片，看到你們笑容滿臉，仍感受到當時的喜悅。真後悔沒有跟你們來個合照。

意想不到的是，拍照之後，你們硬要拉着我，把我帶往不知哪裏去。當時的確有點緊張，因為在旅途上，旁人不斷提醒我要小心財物。最後我意會到你們要帶我參觀你們的校園，領我四處遊覽。我很擔心你們的老師發現我這個不速之客，不曉得會如何處置我。我隨你們上了課室，接下來就更精采。不曉得我們如何溝通，總之你們的同學一擁而上圍着我，要我把你們的名字翻成中文。那可真有趣，什麼阿倫、麗斯、依芙、維珍妮都用上了。我也不知寫下多少個名字。但要悄悄地告訴你們，有幾個同學的名字，我實在不知道該怎樣翻，只好胡亂湊了幾個字，在我家鄉可從來沒有人喚作這些名字的。

然後你們又湊興要看看港幣是什麼模樣。我把隨身的硬幣都留給了你們。由於不夠分配，你們還因此騷亂了好一陣子。最後你們又想聽我的家鄉話，於是我就在你們面前「演說」了十秒鐘，煞有介事地對着一羣聽不懂的人說話。聽的人一臉惘然，卻大力拍掌捧場，場面古怪有趣，但十分愉快和諧。

謝謝你們讓我在貝倫有一個難忘的下午。至今，我還要問兩個問題：為什麼我們幾乎把校園都反轉了，你們的老師卻沒有出現？我給你們寄上的照片，收到了沒有？

祝生活繼續熱情調皮！

康

懷抱大河森林的亞馬遜河居民：

很羨慕你們能以這條世界聞名的大河，作你們的居所。

從小就認識亞馬遜這個名字，雖然這河流在長度上不及尼羅河，只能屈居第二；但它的流量至巨，全球五分一的淡水，都經它注入大西洋，好厲害！至於亞馬遜森林更是充滿原始、神祕、刺激的地方。我一直渴望有一天能踏足這地，跟你們見面。

那天我坐的小船慢慢向你們的河駛近，你們可知我的心情有多緊張、多興奮？雖然我只置身成千支流其中一條的一小段，但已見識到大河的變化萬千。她河牀廣闊之處，無岸無涯，氣勢磅礴；狹窄之處，蜿蜒曲折，僅容小舟渡過。

當然，最興奮的是見到你們，這河上的居民。你們在河裏洗衣、洗澡、玩耍，不禁令我想起自己的故鄉——大澳。

小時候我住在建於水上的棚屋，平日總愛赤着腳跟一起玩耍的同伴，往街坊的棚屋進進出出，四處奔跑。有時，也會自製簡單的釣具，乘着潮退，把小蟹釣上來戲玩。橫行的小蟹，為我們帶來不少歡樂。不過，間或也會不小心掉進河裏，得勞煩媽媽把我從水裏救上來。

那段居於水鄉的日子，快活無憂，別有情趣。沿着水邊過活對我來說，並不陌生，反倒有親切感。

大澳棚屋背後是大街小巷，而你們河上的居所背靠着的，卻是參天大樹。我們下了船，跟着導遊走。我不知道森林有多深，只見前後左右都是大樹，步行不到五分鐘，光線便愈來愈暗。照相機的測光系統顯示，光圈相差了五級。我想，假如獨個兒走，我會在三分鐘內迷失方向。畢竟，我長居「石屎森林」，真的要在森林生活，我可沒這個能耐。

沿河的房屋每所相隔近百米。你們每天在大河、大樹的懷抱中，如何起居作息？難道就是爬樹、採摘果實、搾果汁、洗衣服、在河裏洗澡，如此這般地讓一天過去？然後又如此這般，一日復一日地讓一生過去？與世隔絕的生活是怎樣的感覺？枯燥乏味還是悠然自得？

我想，要石屎森林的人遷進你們的森林居住，沒多少人能熬得過三天。我們都習慣了燈紅酒綠，車水馬龍，哪裏還懂得跟大樹大河相處；我們都習慣了在馬路上或地底下飛馳，哪裏還能享受在河上泛舟的悠閒！

差點忘記告訴你們一段小插曲。

在探訪你們之前，我再三提醒自己，不要亂吃。請不要介意，我並沒有看輕你們的意思。只是我們這些城市人，腸胃早給寵壞，恐怕未能適應你們那兒的食物和食水。不過當真跟你們見面了，再加上水邊生活那親切感，我興奮得把一切拋到九霄雲外。

當導遊表演爬樹功夫，在樹上摘下不知名的果實，即場製成果汁給我喝時，我毫不猶豫一飲而盡。直到身旁同行的人，拒絕導遊的好意，我才如夢初醒，為自己的肚子擔心起來。

你猜我的下場如何？

我依然龍精虎猛，繼續旅程。或許我的腸胃在小時候受過訓練，還不算太差勁吧。想到同行的人錯過了那充滿原始味道，一生人難得一嚐的新鮮果汁，我只能替他們感到可惜。

祝願你們在大自然的懷抱中，健康快樂地生活下去。也願你們居住的森林，不會受到「文明」入侵、破壞，讓它一直保持那原始的風貌。

康

生趣無窮的長途汽車：

謝謝你幫助我完成在巴西三個星期的旅程。你確是我這種窮光蛋的好旅伴，希望你不介意我沒錢搭內陸機才看上你。事實上你令我的旅程生色不少。

第一次遇上你，是在到達巴西的次日，我要從里約熱內盧（Rio de Janeiro）到累西腓（Recife），就是巴西著名「國腳」李華度的出生地。那次旅程長達三十八小時，坦白説，我一生從沒試過在公共汽車上度宿。

可惜我們的第一次並不太順利，你走了十四個鐘頭左右，便出現毛病，而且是在四野無人的荒地。我當時不知所措。車上的乘客議論紛紛，但我不懂葡文，不曉得他們在埋怨還是商議。最後只見一個一個乘客下車，我也只好無奈地跟着大眾行事。

兩小時過後，一切毫無進展，原本圍着你指指點點的男人都已經熱情冷卻。幸好我碰到一個有幼稚園英文程度的青年人，憑着幾個單字和國際通用的身體語言，勉強知道要等你的同伴來打救。結果從早上七時許，一直等到中午，才駛來一輛長途汽車把我們接走，繼續行程。

但就在候車這幾小時裏，我眼界大開。

當時在渺無人煙的公路旁，幾乎呼天不應喊地不聞，這羣巴西乘客卻在路旁閒聊，興之所至更一邊哼歌一邊跳舞，當中包括年近六十的婦人，把「聞歌起舞」這個詞語演繹得淋漓盡致。我想，若在香港，歌聲會換作咒罵聲，舞蹈會變成坐立不安。

第二次見面，我們足足相處了四十八小時，整整兩日兩夜，從西北部到東南部橫越整個巴西。乘客都作了充分準備，就連水杯、牙擦、枕頭、棉被都有，簡直把你看作臨時住所。至於我嘛，還是一貫的「簡樸」，只帶了一條小手巾、幾粒香口珠和數張衛生紙。兩天沒換衣服、沒擦牙，甚至連鞋子都沒脱下。如果選舉「最邋遢的乘客」，我毫無疑問可以勝出。

叫我最難忘的，是我幾乎與你失散，以為永不能再見。記得半途剛剛天亮，我們到達一個休息站，如常請司機往我手錶指示再開車的時間，我就下車作簡單的梳洗，也找點吃的。手中的巴西咖啡剛喝到一半，猛然瞥見你駛離休息站。環顧四周，看不到一個同車的人，大驚之下，立即拔足「狂追」。你轉了一個急彎，一駛上高速公路就絕塵而去。我邊跑邊想，所有行李都在車上，身邊就只有那張提供全球支援服務的信用卡……不錯，這是一個不俗的廣告橋段，但請不要發生在我身上！

正當我跟你相距愈來愈遠，絕望無助之際，你卻在遠遠的迴旋處來一個掉頭。我重燃希望，拚盡最後一口氣跑到馬路對面……終於給我追上了你。可怒的是，你依然不肯停下來。我只有邊跑邊拍打車門。到你停下來，司機一臉疑惑地盯着我，我再望向那空無一人的車廂，才結束這場美麗的誤會。原來你只是作例行加油、保養。

我一臉尷尬，回到休息站，剛才不知躲到哪裏去的乘客又陸續冒出頭來。不曉得剛才有多少人看到我那副狼狽不堪的模樣。但願他們以為中國人喜歡在早上跑步趕車當作運動吧。但如果當時地上有個洞，我會立即鑽進去。

在你懷裏兩日兩夜，除了空間上的移動外，我大概沒有作過什麼事，無論是造福世界或遺禍人間；但世界卻沒有因我在某種意義上的停頓，而中止運作。我像暫時成了「植物人」，睜眼看着與我無關的世界繼續轉動，跟我平日最關切的人和事，全接不上軌。從日出到日落，由黑夜到黎明，我自覺比微塵還要渺小。

人生，也像一次長途巴士旅程，一旦開車了，無時無刻不是向着終點邁進。在旅程中，只有吃、喝、拉、撒、睡，才是真正必須、無可避免的。至於其他一切，無論是學業、事業，以至什麼豐功偉業，都不過如我在沿途的休息站找到水龍頭洗把臉，或是在小店買到心愛的紀念品，然後高高興興地把它帶到終站。沒有這麼幸運，或沒有努力過的人，就讓吃、喝、拉、撒、睡，成了旅程的全部。如果貪睡，就連日出和日落這額外的禮物也錯過了。

人生的途程，沒有必然的幸福。我們當然可以努力令旅途變得精采一點，但最有價值的莫過於把握當下，跟身邊的人分享所有，享受那實在的快樂。否則到了終點，雖然擁有很多，甚至超過我們所需和可帶走的，卻只能與孤獨共守；而身旁的人卻三三兩兩輕省地下車。

這一程與你同行，讓我領悟不少人生道理，叫我終身受用，容我向你說聲謝謝。

願你身體健康，不會在荒野拋錨停下來。旅途愉快！

康

烏茲別克

處處驚奇

1991

烏茲別克共和國（Republic of Uzbekistan），前蘇聯加盟共和國，於 1991 年獨立。

447,400

位於亞洲中部，內陸國家，面積 447,400 平方公里。

80%

人口約 28,128,000，烏茲別克人約佔 80%；其他民族計有俄羅斯人、哈薩克人、韃靼人等。宗教屬回教遜尼派（Sunni）。

420

自然資源豐富，經濟支柱是「四金」：黃金、「白金」（棉花）、「烏金」（石油）、「藍金」（天然氣）。國民每年平均收入估計為 420 美元。

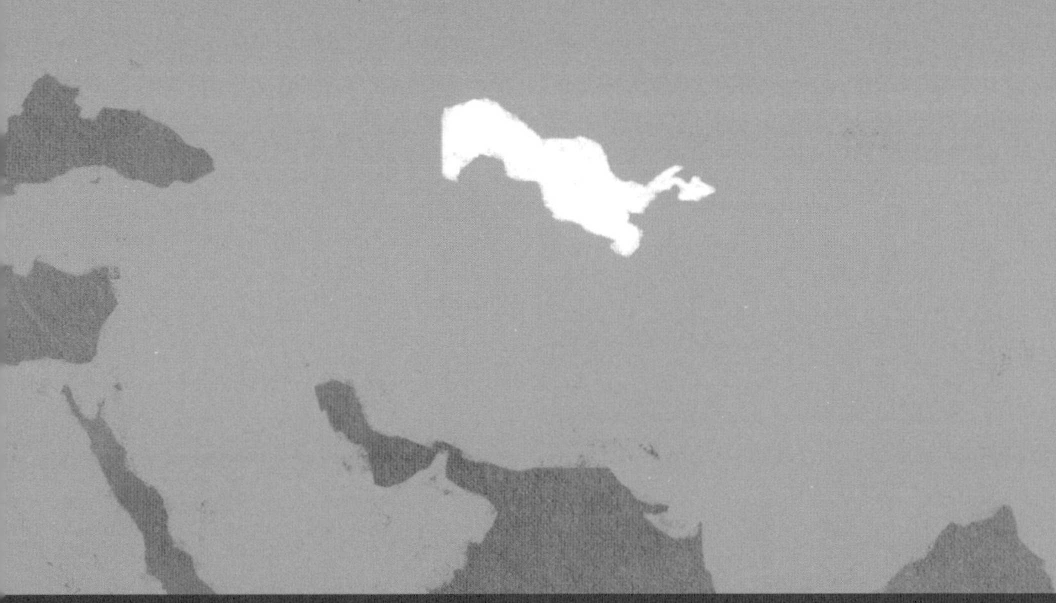

Tashkent

首都塔什干。

Cotton

棉花出口量冠絕全球，但棉花田在收成時候大量僱用童工，所以備受非議，其產品也受部分國家抵制。

45

全球快樂指數排名：45。

烏茲別克，一個陌生的名字，即使曾在耳畔掠過，卻從未認真探究。

2001 年九一一恐怖襲擊後，美國出兵阿富汗，烏茲別克同意美軍可以使用她的一個空軍基地來進行搜索和救援行動。陌生的名字頓變世界焦點。

美國向阿富汗採取軍事行動後一星期，我隨無國界醫生往烏茲別克。這次主要是探訪組織的一名志願工作人員，了解他在當地的工作情況。這名志願工作人員是香港人。

出發前做了一點準備工夫，終於知道烏茲別克所在，也曉得香港沒有直航機飛往這個古代絲綢之路必經的一站。她在中國的西北方，我們得先到北京辦理簽證，再乘六小時飛機，才能到達首都塔什干。

橋樑、飛機場，以至大一點的建築物都不准拍照。橋樑有軍事戰略價值，每座橋的橋頭都有警察站崗，要接受身分檢查才能通過。這個前蘇聯加盟共和國雖然已於 1991 年獨立，但鐵幕的痕迹猶在。

這裏的人跟橋和建築物一樣，不願上鏡，尤其是婦女，可能受了伊斯蘭文化的影響吧。在大部分地區的小孩都最喜歡追逐鏡頭，可是這裏的孩子卻躲避我的照相機。

在前蘇聯時代共產制度下，烏茲別克主要的經濟項目之一是種植棉花。自六十年代起，蘇聯政府為增加棉花產量，引河改道，把鹹海（Aral Sea）這個名列世界第四的大湖泊的生態也改變了——鹹海由原本 66,100 平方公里，到二十一世紀，萎縮至 12,100 平方公里；鹹海漸變成沙漠，附近的居民更相繼患上肺結核或其他呼吸系統疾病。

雖然各國努力想把鹹海回復本來面貌，卻是徒勞無功。為什麼人類對大自然，總是有破壞而沒有建設？

沙漠上的大船殘骸：

這樣稱呼你們，不曉得可有冒犯？

你們一向在大海縱橫，一下子變成沙漠上的一堆爛鐵，任由日曬雨淋，讓鐵鏽在身上肆虐，那感覺一定不好受。

想當年你們在這天下第四大的湖泊鹹海浩浩蕩蕩往來，必定意氣風發。誰會想到今天如此下場？你們一定很不甘心吧！既不是不敵風浪，也不是年老力衰，卻因人類任意妄為，把你們弄到如斯田地。

第一眼瞥見你們，我着實大吃一驚——在那乾涸之地，竟躺着一條條大船的殘骸！要不是掌握了充足的資料，根本無法相信身處之地，曾是一個大鹹水湖。

我站在你們的殘骸上，俯瞰眼前的沙漠，不見盡頭，一時也數不清你們的數目。吃驚過後，是無限感慨，既感慨眼前的荒涼，也感慨人類破壞力之大。

我按捺着心中的震驚、感慨，在沙漠中來來回回，在你們的殘骸上高高低低地攀爬，努力地把眼前景象攝入鏡頭，只想將這場生態災難活現。沙土上的貝殼、螺旋槳碎片、無數殘缺不全的零件，還有不知名動物的骸骨，叫人不寒而慄。

鹹海的水主要來自阿姆達亞河（Amu-Darya）和賽達亞河（Sir-Darya）。這兩條大河自天山和帕米爾高原滾滾而下，貫流整個中亞，一南一北匯聚於鹹海。

在前蘇聯時代共產制度下，烏茲別克人民以種植棉花為生，舉國都是棉花田。為了增加收成，自1960年代起，蘇聯政府引河改道，把兩條大河的水引作灌溉之用。結果，水還沒有流到鹹海就已被截流，令鹹海的水位以一年一公尺的速度下降，含鹽度從原來每公升只有十二克，躍增到六十克。而另一個資料顯示，在 1980 年代後期，鹹海的含鹽度已達百分之二十三。

著名的湖泊，就這樣逐漸變成沙漠。

到人們後知後覺，明白事情有多嚴重，鹹海的體積已縮小到原來的四分一。聯合國專家更認為，鹹海已經病入膏肓，將在 2020 年從地球上完全消失。雖然各國努力想把鹹海回復本來面貌，可是人類只懂破壞卻不善建設，面對不斷萎縮的鹹海，根本無能為力。

人類只顧眼前的利益，最後卻要付上沉重的代價。

或許你們不知道，其實受害的不止你們。由於海牀長年外露，受污染的塵埃和海鹽隨風飄散，附近一帶、人數達五百萬的居民的健康，都受到嚴重威脅。病發率特別高的疾病，包括：肺結核、腎病、呼吸道疾病、癌症、貧血等。

始作俑者，既蹂躪大自然，也禍及同類，你們有什麼感受？

人與大自然，理應唇齒相依，把大自然趕上絕路，也等於把人類一同帶到絕境。大船殘骸，我想你們也不用太悲哀。按人類「有破壞無建設」的特性，恐怕像鹹海一樣的情況，只會陸續出現。那時你們就不再孤單，不再寂寞了。

祝願有一天，你們可以走出沙漠，讓有心人領去循環再造。那時，你們希望給造成什麼呢？

康

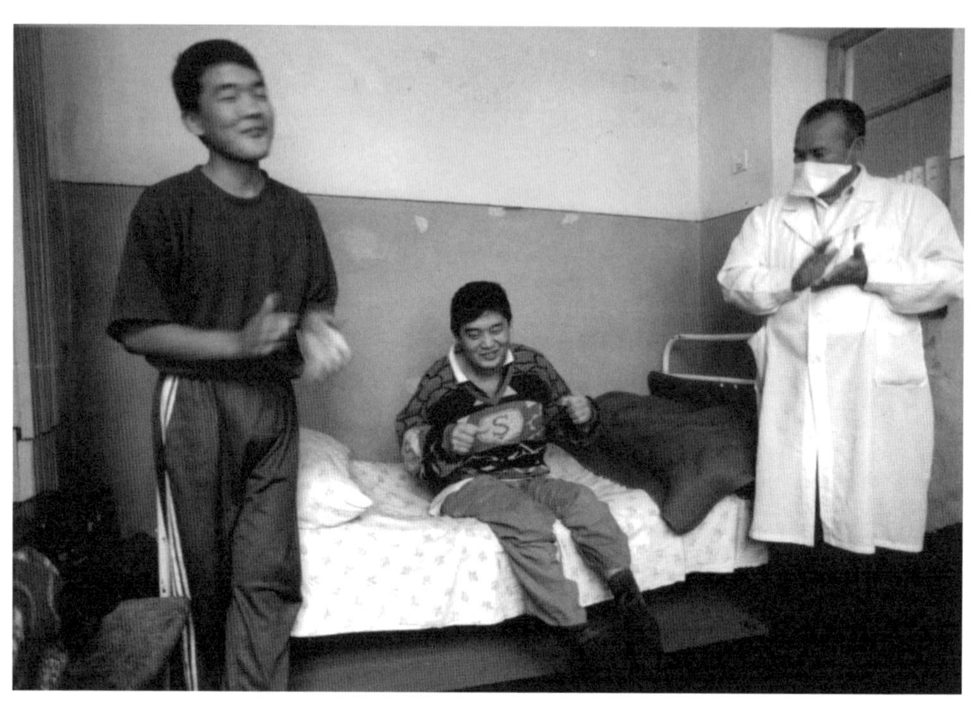

肺結核病人 Zakir Jumatov：

在醫院裏第一眼看到你，怎樣也猜不到你已經十九歲。你一臉病容，但掩不住臉上的稚氣。那是一種在城市裏找不到，帶點原始味道的稚氣。

記得我和無國界醫生的工作人員走進病房時，你弟弟正餵你服藥。很溫馨的場面。但知道內情後，我只覺無奈。醫生向我們解釋你的病情，你只一直低着頭，不時向我們偷望一眼，眼神帶點憂鬱。

在這次旅程中，你是我遇上的肺結核病人，病情最嚴重的一個。病菌入骨，令你雙腿無法站立，連醫生也無法肯定你能否痊愈。你才十九歲，長年困居病牀，往後的日子如何度過？

你可曾想過，你是人類破壞大自然的代罪羔羊？要是你有這個想法，心裏難免怨憤。我倒希望你不要這麼想，不然日子會更難過。

人與自然，本該和諧並存。但人給私心蒙蔽，不顧後果，對大自然予取予求，偌大的海竟給破壞，變成沙漠，還連累你和不少同胞患上肺結核。這是人類破壞大自然自食惡果，還是她在展開報復？

沉思之間，耳畔響起悠悠的音樂，定過神來，你臉上的憂鬱已悄悄地消失，取而代之是燦爛的笑容。原來你弟弟扭開了收音機，你坐在牀上身軀隨着音樂擺動，跳起舞來。穿着白袍帶着口罩的醫生也為你拍和着。沉鬱的病房瞬間變成了私人「的士高」，洋溢了歡樂。

你擺動的身軀，似在告訴我，你雖不能站立，卻能起舞；同時也將我心中的憐憫化為敬佩。雖然醫生不能肯定你能不能再次站起來，但你臉上稚氣的笑容和隨音樂舞動的身軀卻告訴我，你有足夠的勇氣和毅力面對未知的明天。我想起了物理學家霍金。這位坐在輪椅上的科學家，身體活動雖受限制，但思想卻超越時空，馳騁宇宙。

雖不能站立，卻能起舞。Zakir Jumatov，你的勇氣，常常化作我在困境中的鼓勵；你那搖擺的身軀，至今仍常在我腦中舞動，是驅策我向前的動力。

祝你早日痊愈，好讓你的舞蹈更精采！

康

MEDECINS SANS FRONTIERES
MEDECINS SANS FRONTIERES

「無國界醫生」的野人工程師高永賢：

我隨無國界醫生的工作人員，到烏茲別克其中一個目的，是要探訪你，了解你在當地的工作。那時，我跟你還不相識。因着交通和簽證需時，從離開香港到與你相見，我們一共花了五天時間。期間不斷在想，你是無國界醫生第一個來自香港的後勤人員，放下薪優的工作，先跑到內戰不絕的蘇丹，然後再到烏茲別克，究竟你是個怎麼樣的人？在蘇丹住了這麼長的日子，可會變得又黑又瘦？你是滿腔熱誠，散發正氣；還是悲天憫人，一臉慈祥？

到真的見面了，才認識你是個戴耳環的大男孩。也許彼此都是戴耳環的人，對你的第一個印象還真不錯。

記得你說過在大學時代已很想貢獻社會。除了在立法會或區議會等選舉中，我很久沒聽過有人提起「貢獻社會」，尤其是出自一個年輕小伙子的口。當時聽到你的「貢獻社會」，實在覺得有點老套。可我們的社會就是缺乏你這般老套的人，大眾不是拜金，就是對人生冷漠，如今卻是陷在集體抑鬱裏。

八十、九十年代跟你也一樣大學畢業的男孩，多是「四仔主義」的追隨者。「四仔」就是：「屋仔、車仔、老婆仔、嗶嗶仔」。九十年代末至今，經濟逆轉，大學生不再是天之驕子，對於將來一片迷惘，毫無方向；既沒有使命，也沒有理想。像你這樣願意放棄舒適生活，清楚朝自己方向前進的年輕人，相信該歸入受保護動物之列。

跟你相處的幾天，最叫我興奮的，是發現原來你跟我一樣是個野人。那天我們踏足曾是大海的沙漠，都對人類的所作所為感到不安。我忽發奇想，如果有足夠裝備，在大船殘骸露宿一宵，該是多過癮的事。你那雀躍的回應，叫我既驚且喜。

有一個下午，我們在醫院的工作告一段落，院長盛意拳拳邀我們往下午茶，結果我們領教了富烏茲別克特色的「下午茶」——一碗抗一碗的伏特加酒。雖然我倆酒量都不太淺，但近 40% 的酒精含量，真叫人吃不消。記得回酒店的路上，我們帶着半醉的身軀，就在荒野路旁解決需要，真痛快！

告別前的一晚，我們坐在古城「希瓦」(Khiva) 一間旅店的天台，既俯瞰古城夜色，也仰望星空，緬懷昔日這個屬於絲綢之路一站的光輝。我們談野外生活、教育、經濟、民生、國情，天南地北，十分投契。

你也與我分享在外服務這些年間的經歷：在蘇丹替當地人興建臨時飛機跑道，最叫你興奮、滿足。跟土人交往，要明白他們以太陽的位置來計算時間。還有一次在險境中，你和同伴幾乎不及撤退，險些一命嗚呼。

這一切都加深我對你的認識。

如今你又按計劃，回到大學作工程方面的研究，希望日後更能改善人類的生活。或許下次跟你見面，你已經研究有成，我要改稱你「博士」了。

我想，即使你當了博士，仍會老套下去吧。

如果可以的話，我真的想再訪烏茲別克，在那浩瀚的沙漠，找一個大船殘骸露營。

你有興趣來麼？

祝一切順利！

康

有一雙靈巧小手的男孩：

跟無國界醫生的工作人員忙裏偷閒，溜到古城希瓦（Khiva）遊覽。想不到在這裏遇上你。

香港堪稱世界大都會，資訊發達，但對希瓦這個地方，相信大多不曾聽過。要是換作這個講解：元朝稱為西域強國的「花剌子模」就是你家所在，或許對中國歷史或地理有認識的人就明白了；但相信這仍屬少數。

不過，金庸小說《射鵰英雄傳》裏的黃蓉，曾幫助成吉思汗攻打花剌子模（這書在我家鄉很受歡迎），我一引述這段，對方大多恍然大悟，希瓦這地方彷彿也接近了。

記得那天我們在城裏閒逛，享受着暖和的陽光。在小巷遇上你時，你正跟同伴拿着木槌和一些工具在埋頭苦幹。我們有點好奇，以為你們在搞什麼玩意，上前察看，才發覺你們在製作工藝品。

你身旁放了幾件製成品，你卻沒向我們兜售。你對自己的手工藝品滿有信心，所以不作「硬銷」；還是你只在乎享受製作，而不理會賺錢多少？其實，或許你根本不想把心血結晶賣掉吧？

你望了我們一眼，又低頭不停地用木槌敲打，全副精神都聚焦在手上的木頭。木屑隨着木槌的敲打，不斷從木頭彈跳出來，猶如無數小矮人在參加跳遠和跳高比賽，煞是好看。但最吸引我的，是你那份專注，還有那雙靈巧的小手。

你沒有給我們打擾，只顧一臉認真地舞動着手上的工具。隨着你雙手和木屑的飛動，一個可以摺合的小書架就漸漸成形，上面還刻了美麗的圖案。

我不禁想起小時候，家境不太好，放假時別的孩子都跑到公園玩，我卻被困家中幫媽媽做點小手作幫補家計，穿塑料珠子，嵌塑料娃娃，還有別的什麼，都已經忘記了，但肯定沒做過你這種手藝。不瞞你說，當時我很不情願，只是媽媽有令，不敢不從，所以總是苦着臉幹活。當時我想，為什麼鄰舍的孩子可以到屋外走廊打乒乓球，玩「兵捉賊」，或到球場打籃球，而我卻要困在家中當「苦工」？

不過，你的神情告訴我，你跟我不大相同。你一臉認真，看來十分享受當中的過程。你把製成品拿在手裏那種滿足的表情，叫我替你暗暗高興。你的童年要比我的開心得多啊！

當然，回想起來，我也該感激媽媽當年要我勞動，因為我深深體會到，世上沒有不勞而獲這回事，一切都得來不易。

可惜今天在我家鄉的青少年，跟你不一樣。他們大都不用給家裏幫補，他們只負責應付各色各樣的考試，玩各種各樣的玩意。對，各種名堂的入學試、模擬試、學業成績評核試；即使完成大學，還有各樣的專業試。至於玩意，最流行的，莫如近年的電子、手機和電腦玩意，多不勝數，教人玩個不眠不休，甚至上癮成疾。就是他們自願或被迫學習一些技能，例如製陶、彈琴、跳舞等，都不是為生計，只視作一種興趣，或作為進入名校的履歷。

所以，他們都不大懂得珍惜；不善於付出；也不大能吃苦頭。或許這就是物質進步帶來的代價吧。

近來你手製的工藝品賣得好嗎？本想祝你生意滔滔，但又怕你因而過勞，所以還是祝你生意適量，生活愉快吧！

康

HOTEL
OYBEK
MEHMONHONASI

怪異酒店：

你雖然其貌不揚，甚至有點醜陋，但第一眼看見你，卻想起《聖經》裏常提到的避難所。

因為「人生路不熟」，在找尋鹹海的過程中預計錯誤，折騰到入夜才抵達 Muynak（伊那克）—— 鹹海的所在地。天色昏暗，找到了鹹海也不能做什麼，於是計劃次日才展開拍攝工作。但入黑後天氣愈來愈冷，晚餐還沒有着落。正是飢寒交迫、進退維谷之際，竟然給我們發現了你這惟一的酒店，怎不叫人雀躍！

沒料到你竟關了門，上了鎖。你知道我們當時有多失望與徬徨？在當地小孩的協助下，幾經折騰，終於把你的主人找來。按照電影情節推進，他出現時，該是個駝子，手執蠟燭，走起路來一拐一拐的。但我發現電影跟現實總有距離。

你的主人是個中年男人，走起路來很敏捷。我們的出現並沒叫他感到意外或雀躍；對於自己給急忙找來接待，也沒表示不滿。他只是不慌不忙地，領我們參觀房間。當然那只是例行公事，我們根本沒得選擇。可是走進你的地方，房門吱嘎有聲，燈泡閃爍不定，牆壁油漆剝落，還有一扇給釘封着不知通往哪兒的門，又再次把我帶進奇幻的電影世界。

最叫人稱奇的，還是你每一個房間的廁所，都已日久失修。我們只能跑到大門外，鑽進那個用木板搭蓋的空間解決需要。雖然那兒僅能容身，但能讓我們一拉一撒，它也算稱職了。

下榻的地方解決了，接着是照顧吃的問題。

當你的主人告訴我們廚房裏沒有能吃的東西，我肯定自己已跑進世上最怪異的酒店。下一刻，我們幾乎是飛奔離開那空空如也的廚房，把司機推進車廂，飛車往市集去。

不過，言語不通，加上路上漆黑一片，我們根本不知道市集的路該往哪兒走，當然更找不着餐廳或菜館。我暗暗祈禱可找到點乾糧充飢。憑直覺駕車亂闖，終於給我們找到一間還未關門的店舖，不單買下乾糧，還有通心粉、菜和馬鈴薯，實在欣喜萬分。

回到你那兒，我們把你的主人趕出了廚房，免得他礙手礙腳，而他也樂得不用動手，跟司機聊個不亦樂乎。可是在動手烹調之前，我們還得跟那些廚具的污漬搏鬥。對，那確是一場搏鬥，而且對手相當頑強。沒有清潔劑作支援，我們只能盡力而為；還有，誠心一點求上帝潔淨。我想問，你這間怪異酒店究竟多久沒有客人光顧過？

然後，我們像回到年輕在山上露營的日子，大家一起合作生火、取水、洗菜、切馬鈴薯，又分享彼此當年露營的趣事，好不快活。

我繪形繪聲，跟大家憶述中學時代一趟到大嶼山露營的經歷。那趟在露營期間，忽然發生山火，人人要即時逃命。當時我緊摟着燃料罐，發足狂奔，覺得滑稽之餘，又擔心燃料罐會突然爆炸起來……

就這樣我們一起享受了一頓不豐富卻十分美味的晚餐。非常愉快，十分滿足。

怪異酒店，謝謝你的眷顧，讓我們在飢寒交迫中，躲進你這個避難所，更享受了一頓自己下廚的晚餐。你知道麼？我很久沒這樣開心滿足了。可以的話，好想有機會再來探望你。請你放心，我會帶備足夠的糧食，還會驅一輛有盥洗設備的旅行車前來。

祝客似雲來。

康

連南的感動

1953

連南瑤族自治縣成立於 1953 年。

1,306

連南位於廣東省西北部，面積約 1,306 平方公里。南北縱橫相距約 71 公里，東西最大距離約 45 公里。地勢北、西、南高，東部低平。全市有八成面積為高山。

53%

人口約 170,500，包括漢、瑤、壯等 11 個民族；其中以瑤族為大多數，約佔 53%，其次是漢族，約佔 50%。

3,852

人民以務農為主，每年平均收入約 3,852 人民幣（2009 年）。近年銳意發展文化旅遊。

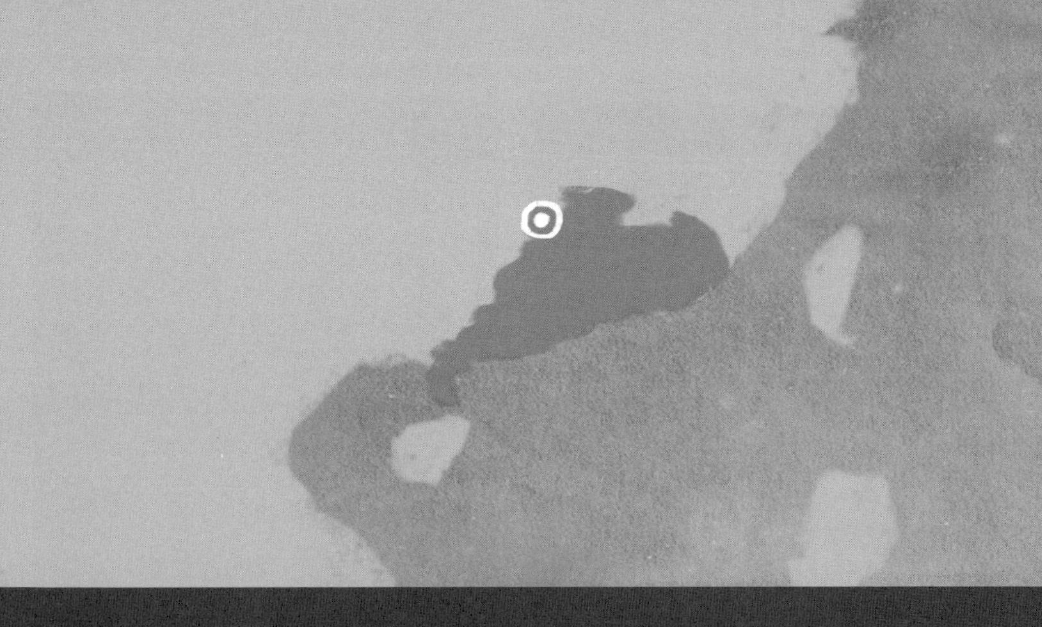

Yao Village

連南只有七個鎮，最著名的地區為南崗千年瑤寨。

40,748

廣東省的人均收入達 40,748 人民幣，但連南仍是個被稱為「老、遠、邊、山、窮」的地區。

Green

天然資源豐富，又稱為「綠色寶庫」，盛產油茶、無核檸檬等，是全國惟一保存瑤族文化最為完整的地區。

連南山區是一個叫人感慨和感動的地方。

感慨，是因她遭冷落。

她雖然位處廣東省，卻沒受惠於近年國內經濟的高速發展。我去的時候是寒冬，感受不到半點經濟飛騰帶來的熾熱。山區依然貧瘠，生活仍舊清苦。城市先富起來的人，一擲千金飽嘗華宴美食，山區居民卻只能以風乾臘肉為上等佳餚。

那裏的小孩天還未亮便要出門，冒着嚴寒，攀山越嶺，到設備簡陋的課室上課。但每月家裏付不來二十多元學費的孩子，就連這個苦學的機會也沒有。

感動，是因她的山太美。

連南羣山巍峨，卻不以氣勢壓人，姿態幽雅恬靜，與人共融。站在連綿不斷的山脈上，人沒有往常那種渺小自卑的感覺，倒心甘情願與大自然化為一體。

這裏的人也美，是那種帶着原始味道的內在美。

可能住在山區，跟天的距離較近，關係較密切，這裏的人從不怨天。他們也不跟人競爭，反倒互相幫助，這裏的人也不尤人。他們樸實地過着知足常樂的生活。

在山間，我碰到一個腰板已彎曲得無法站直的婆婆。她跟我説，丈夫到城市謀生，一去就是大半年。家裏沒人，她要用水，就得獨個兒從山腳扛水上山。艱苦的生活境況，她説來卻那麼自然，那麼輕描淡寫，教我既感動又感慨。

在風景裏跳繩的女孩：

有次在互聯網看到一則故事，想起了你。

你可能不知道什麼叫「互聯網」，不打緊，那是為人們提供大量（甚至是過量）資訊的東西。我家鄉的人把它視為不可或缺的精神食糧，但也許你會認為它可有可無，甚至不存在更好。

回到正題吧，那是一篇關於貧窮的故事：

一個富翁為了要讓兒子明白什麼是貧窮，於是把他帶到農村去。

回家後富翁問兒子：「你現在可明白貧窮是什麼一回事嗎？」

兒子回答說：「明白了！」頓了一頓，他說下去：

「我們只有一條狗，他們有五條；

我們有一盞水晶燈，他們卻有無數閃爍的星星；

我們有一個後院，他們卻有一望無際的草原；

我們有一個傭人服侍，他們卻有許多朋友，互相幫助；

我們用錢買食物，他們卻以耕種得食。

爸爸，我現在明白，我們實在太貧窮了！」

或許你不太能明白這個故事對城市人有什麼含義，只因你不太理解香港人生活的荒謬。就以我家鄉香港來說，人們終日拚命勞碌，只想住進一個窗外有海景的居所，最好是有花園的房子。嚴格來說，我們住的是「單位」，不是房屋。有時在晚上望向一幢幢的住宅大廈，一個個的方框，令我想起古代僰人的懸棺。

但你不要小看這個方框啊，人們得日以繼夜地工作大半生，甚至一生，才有資格擁有它；更不要說那些負資產（可能你不曾聽過這詞語）的人的命運了。可是大家早出晚歸，根本沒有多少時間留在方框內，享受自己的理想窩。

你可會暗笑我們城市人的愚昧？

你只要踏出家門，便置身在風景裏：重重山巒，綿延不斷，山色隨着日夜、四季的更替，變幻多姿，叫人悦目，心曠神怡。你足下門前的空地，就比我們富豪的豪宅還要大，難得的是不用交租，不用按揭，不用付管理費，當然更不會變成負資產。

你還記得那天跟我一起跳繩麼？謝謝你把我帶回童年。從腳踝、膝蓋、腰、腋窩一直跳至頭頂，太好玩了。

你知道麼？自從離開了小學，已沒有人跟我玩跳繩遊戲了。要城市裏的人作跳繩運動？太小兒科了。他們運動，是要穿上運動裝束，躲到有空調的健身室去的，還要借助各色各樣的器械，每個月得花上好幾百塊。這已夠你一年的學費。不過，做運動的香港人，只佔少數，大多因為忙於工作，或怕累，不常運動。到身體過重或出現各樣毛病，就花一大筆金錢去瘦身或延醫診治，辛苦賺來的錢就這樣溜掉。

我實在很羡慕你的生活。願你在這廣闊的大地上，繼續活得簡單，活得快樂。

康

胸怀祖国
放眼世界

留在連南的橡皮筋繩：

你還好麼？是不是依然彈力十足，每天讓小朋友的小腿在你身上跨來跨去？

那天小朋友下了課跳橡皮筋繩，那繩太殘舊了，我和同伴靈機一動，把帶來的橡皮筋一個個穿起來，串成一條又長又美麗的繩，跑到操場跟小朋友一起玩。

自從小學畢業，已沒有再玩過這玩意。記得小時候，我可以輕而易舉地，不碰繩子，跳過腋窩的高度。如今年紀大了，骨頭硬了，跳的高度不及從前；但跨過小朋友的腋窩嘛，當然沒問題。那個下午，你感受到我在你身上越過時的快感麼？

雖然你出自我和同伴的手，但我還是要謝謝你。你讓我重拾童年快樂的回憶，也為這羣清貧的孩子帶來歡樂，相信這也會成為他們回憶的一部分吧。那個下午，我和小朋友除了比賽誰跳得高，還切磋交流。我教小朋友跳「棺材繩」；他們也教我他們的跳法。簡單的你，原來可以有多種玩法。

大夥兒玩到日落西山，才依依不捨回家。我珍而重之地把你收藏在外衣的一個口袋裏，還把口袋的拉鍊扣上，準備次日拿出來再玩。可惜次日我們有別的活動，沒再讓你跟小朋友一起。臨離開山區前，想到你可以常常跟這裏的小朋友一起玩 —— 相信這也是你的心意 —— 我決定把你留下，讓你每天都可以在這片天地跟小朋友玩個痛快。

誰料我正要把你從口袋裏掏出來時，拉鍊竟然卡住。當時我和一眾工作人員，都要趕着收拾東西離去。我一邊打點行李，一邊努力把外衣的拉鍊弄開。時間一分一秒地過去，但我始終無法把拉鍊打開。

眼見大家都把行裝收拾妥當，準備登車離去，你卻依然留在我的口袋裏。我當時的焦急，筆墨難以形容。雖然你不是什麼名貴的禮物，但我真的好想把你留下，為這羣天真的小孩繼續帶來快樂。

那刻，其實有一個辦法，可以把你從口袋裏救出來——就是把口袋弄破。只是我很不願意這樣作。這件外衣是我在不久前到韓國滑雪時買下的。它的價錢不貴，但我很喜歡穿上它來擋風擋雨。天寒時，還可以把手攏在袖管裏，非常溫暖。

眼看馬上要拔隊離開，不能再猶豫，我懷着沉重的心情，把外衣脫下，從背包取出萬用刀，在口袋拉鍊旁剖了一個洞，然後把你慢慢拽出來。當我把你放進小孩子的小手，他們的笑容、滿足的神情，蓋過了我的沉重。

那個破洞如今成為外衣的一部分。我沒有把外衣棄掉，天氣冷的時候仍會把它穿上；而每次把手放進口袋時，總會想到你和一羣可愛的小孩。香港這個冬天特別冷，所以想念你的時候也特別多。

祝願你仍然彈力十足，不斷給孩子帶來歡樂！

康

大嗓門的學童：

讀到兩段與少年人有關的新聞，想起了你，就給你寫這封信。

有一名少年人因為不喜歡讀書，成績差勁，遭家人責罵，跳樓自殺；另一個成績雖不錯，但自覺未如理想，不及身邊的同學，也跳樓自殺。他們就這樣離開世界，報紙照片中的家人都哀傷不已。

記得第一次到訪你的學校，還未踏進校門，已聽到你和同學朗朗的讀書聲。你們唸書的節奏很快，但很齊整，聽的人知道你們使盡全力，因為每個字，你們都像拉開嗓門，大喊出來似的。我家鄉的學校，已很少用這種朗讀的方式。即使有，學生也唸得沒精打采的，速度像拉牛上樹，聽得人昏昏欲睡。或許就是這原因，老師們都不叫學生在堂上誦讀，免得自我催眠。

你曾對我說，能夠上學是一種幸福，不是每個家庭都有經濟能力送孩子上學。當我知道這裏的學費每年才不過幾百塊，我好想問一問我家鄉不喜歡上學的孩子，可不可以把讀書機會讓給你們。

你家距離學校很遠，每天要步行個多小時上學，下課後又要步行個多小時回家，光花在路上就要三個多小時。每天天未亮，你便要出門。後來我發現，內地有些山區的學生，情況比你更甚，每天上學來回，要走六小時的山路。

那次探訪你，是在聖誕節前後，天氣很冷。想到你摸黑出門，小小的身軀冒着寒風，翻山越嶺，那份毅力實在叫人敬佩。我想跟家鄉有小客車接送，又或只需坐二十分鐘公車便回到學校的學生說：請珍惜讀書的機會。

你知道麼？我家鄉的學生走兩個極端：一種很討厭上學；另一種卻很着緊自己的成績。對你來說，課室是跟同學一起學習的天堂；對不願上學的學生，卻是跟老師角力的戰場。他們上課時不但喧嘩搗蛋，甚至把老師趕出課室的事我也聽過。

至於着緊分數的學生，我也不知道他們是不是真的喜歡讀書，還是單單視為一場競賽。要是真的喜歡讀書，就該不會為成績不好而自殺，白白放棄讀書的機會吧。

家鄉的學校有交換生計劃，學生都喜歡到英、美、日等先進國家去交流，讓自己開開眼界。我倒建議他們到你們那裏去，嘗試每天在山間步行幾小時。除可趁機鍛煉一下羸弱的身體，也可體會讀書的機會並非必然；也讓連綿不斷的山脈擴闊他們的胸襟，令他們明白讀書是為求學問，不是為那零至一百之間的數字；更不要再本末倒置地，為成績比別人差勁一點，而走上絕路。

好想再有機會到你那裏去，細心聆聽、欣賞你和同學們的讀書聲。下次我一定會帶來錄音器材，把你們那蘊藏無窮力量的聲音錄下來，好讓日後我隨時可以得着動力的補給。

祝學業進步！

康

貧困山區的富足老人：

中國發展的步伐愈走愈快，經濟愈搞愈好，廣東省更是當中的佼佼者。然而，你居住的連南，雖地處廣東省北部，卻似乎未能在經濟起飛中，撈得半點好處，仍是一副窮鄉僻壤的格局。

「家徒四壁」這詞語，自小已經聽過，但親眼目睹還是頭一趟。在你的「廳」裏，除了一個殘破不堪的木櫃和灰塵以外，就只有四面牆，再沒有其他家具。可能你沒有察覺，我當時真的呆了好幾秒。

當晚你留下我們用晚飯，那是比任何燭光晚餐還要有「情調」的晚飯。在山區，任何資源都是那麼有限吧，整間房子就靠賴一個半明半滅的小燈泡照明。好幾次，我要把箸下的東西湊近燈泡，才可隱約估量，吃的是什麼。希望你不要介意我這樣無禮。

那頓晚飯，不僅幽暗的燈光帶來情調，最叫人動情的，還是你的盛情。我們不過是幾個素未謀面的陌生人，你卻把那僅餘的，留待過年才吃的臘肉，煮了給我們享用。我邊吃邊想，到過年的日子，你怎麼辦？然而你就是這樣毫無牽掛、毫不吝嗇地，跟我們分享你所有的。

如果你不介意，我好想坦誠地跟你分享我當時的感受。我知道那臘肉對你來說，是不可多得的，也深知你真心要跟我們分享。為了不讓你失望，我們只好恭敬不如從命。但當時我其實是很擔心的，因為我本來就不喜歡吃臘肉，況且是風乾了不知多久的臘肉。我很怕自己無法嚥下而傷了你的心。

最後，我做得很體面，但仍要請你原諒，原諒我的不誠實，對你說那臘肉很好吃。不過，我那連番的謝意卻是真心的。今天再想起這事，心底仍不住湧出由衷的感謝。

還有一件事一直沒機會跟你提起。

在你請我吃晚飯的次日，我帶着一些生活用品，經過你鄰居門前。他臉帶笑容，不住地向我招手。當時我想，他一定是想向我要點什麼。由於用品是給另外一些老人送去的，我怕不夠分配，所以沒有理會他，繼續前行。後來同行的人告訴我，原來他想招呼我到家裏吃午飯！那一刻我對自己的小人之心，感到無地自容。請容我在這裏，向你的鄰居賠個不是，說聲「對不起」，也容我向你們道謝。

曾聽過這樣的一句話：「真正的富足不是你擁有很多，而是你需要的很少。」你們擁有的不多，卻無私地與別人盡享所有。你們讓我領略到真正的慷慨，讓我明白什麼是真正的富足。是什麼令你們的胸襟如此寬廣？是那常與你們為伴，一望無際，與天相連的山峰景致？

如果遼闊的住家風景，有助心寬，我建議全世界的人都往山上遷居，那麼世界要和平得多了。

再次謝謝你的盛情。

祝身壯力健！

康

旅途中點

在報章上讀到這個故事：

有一個男人不小心掉進地洞，沒辦法爬上來，只好高聲呼救。剛巧一個地理學家經過，他俯身把地洞觀察了一會，然後對那男人說：「這個地洞經風化侵蝕而成，你的不幸屬天災，我無能為力。」說完便走了。

沒多久有一個物理學家走過，他拿出計算機按了一會，跟那男人說：「你掉下去是因為地心吸力的緣故。你下墜時釋放的能量，是你的質量 x 洞的深度 x 重力常數 g。」然後得意地離去。

又過了一會，有一個歷史學家經過。他見洞裏有人，就不住搖頭歎息:「過去不時有人掉進去，為什麼人們總不能從歷史中汲取教訓？」

後來又有兩人走路經過，其中一個是社會學家，他邊走邊說：「有人掉進洞裏，卻沒有人把他救上來，只證明現代人愈來愈自私。」他

的朋友持相反意見，認為人類一向自私，沒有愈來愈自私這回事。兩人吵吵鬧鬧地離去。

天快要黑，洞裏的人好不絕望。這時一個目不識丁的農夫走過，他見洞內有人，就毫不猶豫，馬上伸出粗壯的手臂把男子救上來。

跟別人提到有些志願機構的經濟需要時，總有人擔心捐獻的錢的去向，不曉得有多少真的花在有需要的人身上。每次我都無法回答。這種憂慮絕對可以理解。即使有清楚的財政報告，他們是不是還有懷疑的理由？不知道這是信心問題，還是一個藉口，我不打算探究。我沒準備當心理學家；當然也不想做地理學家、物理學家、歷史學家或者社會學家。

我沒有拯救世界的意圖，自量也沒有這個能力。我只想向這個目不識丁的農夫學習，在別人有需要時，可以伸出手臂，即使它不太粗壯。

小孩子給康的**情書**

馮志康先生：

　　最近讀過你的《貧窮旅程的光影情書》，心中很是震憾，因為我一直都沒有怎麼接觸過「貧窮」這議題，一直都認為那是大人們的苦惱。謝謝你！你的書使我認識到何謂「貧窮」。

　　曾經有人說：「有富人的地方便有窮人」我不反對這句話，但難道窮人便不能為自己爭取更好的生活嗎？我相信不是的。可是，為何窮人與富人的遭遇如此不同呢？我曾為這問題尋求過答案，但回答卻是：「世上沒有絕對的公平，只有相對的公平。」雖然如此，但為何社會的貧富差距如此大呢？這是政府的責任嗎？我認為政府的確存在一定的責任，但不可把所有責任都推給政府。貧富問題，這是窮人與富人之間的共同責任，應由窮人與富人一起共同解決。可惜，現在的富人都把責任全都交給窮人，自己卻置身事外。

　　富人愈富，窮人愈窮。富人想更富，窮人不想更窮。這也是沒辦法的事情。不過，我相信貧富懸殊的問題總有一天能解決，可惜日子不會太早，恐怕我也沒機會見到這一天。不過，我有信心這一天總會來臨的！

　　祝

工作順利，生活愉快。

小讀者
麥耀斌
一月四日

區珍圖親幅我這的作人我爭的民壞有足上日
地更構，那夠港靠工有戰裕人破現富怡二
的我的步是(已)者無意得戰富今究惜到清月
後使究腳單就像少樂不炮有來，避珍愛者一
落，講的？，實不們怪了禍原鉄，類享讀
在書》有您嗎片其，他，發鬼，短設人能
連。情沒着是照，在是。爆羅粹資建望都
流信影，跟不的窮存下薪了韓的消物力希們
否來光片像寶」貧樣之的法北窮量得努也孫
是封的圖我程尋有一線薄立，貧大變願；子
在這程的使旅上才也窮微資南致的內都福讓
現到旅中，的山區窮貧得工說導謂間袖幸，
您讀窮書刻窮」坡地貧在獲低聽是無時領足貴
論能《貧。深「貧坡後，活只最，也會短國富浪
無您的切象次在落會生而取時實就在各活少
：！望您一印一孩說社是穩爭信其消會望生減
叔好希過的人了女人的都壓來這爭物也希民，！裕
叔您都看邊今歷村」！有裕，覺出寫戰，，！真人源活祝富
康我身卻經嘗過富者卻始，發會苦讓資生心
志，惜，身為艱樣長，要想爆社覺，的的身

馮志康先生：

看過您的《貧窮旅程的光影情書》，令嬌生慣養的我十分感動，原來世界並不完全是富足的。

您當了記者，實現了小時候「周遊貧國」的夢想，才深深地感受到貧窮是什麼。您給不同國家的人寫了不少信，現在倒由我來給您寫信，表示對您的敬佩和體會。

在香港這個國際大都會，星光閃耀、人山人海，看似找不到貧窮國家的貧窮蹤跡；然而，大部分的人實際並不感到富足。比起貧窮國家的簡樸生活，我們對貧窮的想像可能只是一片空白，卻沒有發現貧窮的真諦，不知道知足常樂……

總覺得人類都在給自己製造麻煩。隨着工業的發展，物質或許豐富了，但貧窮仍然存在；自私的人類只為自己着想，不惜破壞生態環境，建立的卻是心靈貧乏的生命；建造了文明卻又放棄了愛，世界可真矛盾麼？

無論如何，這本書既有真情，又帶點幽默感，我很是喜歡。希望您繼續拍照、寫作，把「貧窮」宣揚開去、讓人人都認識貧窮，知道如何創造真正幸福的世界！

祝

見聞廣博！

平凡人

一月三日

香港明愛青少年及社區服務（圖書館）舉辦「20 好書閱讀推廣運動」，其中一項活動為「給作者的一封信」比賽，何清怡的為得獎作品，麥耀斌和范月明（署名平凡人）的信為參賽作品，特此鳴謝。

B
Arrival hall

回家，在豐饒中瞥見貧窮

香港
的肥皂泡

1997

香港，在 1841 年中國於鴉片戰爭戰敗後，成了英國的殖民地。1997 年，回歸中國，成為中國政府管治下的特別行政區。

1,104

香港由香港島、九龍、新界及離島組成，面積只有 1,104 平方公里。

7,097,600

人口 7,097,600，以華人為主，大部分是國內的新移民在這裏落地生根，亦有不少少數族裔。

19,100

香港的家庭入息中位數是 19,100 港元，每月收入逾 80,000 元的家庭多達十萬戶，同時每月收入不足 8,000 元的家庭也有四十萬戶之多，反映貧富懸殊的社會狀況。

Rural

香港雖因高樓大廈聳立而有「石屎森林」之稱，但其中有 75% 為郊野；原生物種繁多，土生樹種比歐美多，而珊瑚種類比迦勒比海的為多。

84

全球快樂指數排名：84。

EC-90

香港，有點像色彩繽紛的肥皂泡，外表好看；然而，一旦戳穿了，內裏會有什麼？

我們這個家在不少世界排名中都冠絕全球，其中一項是反映貧富懸殊比例的堅尼系數。在 2010 年，香港的數字成為亞洲區內最高的。根據聯合國開發計劃署（The United Nations Development Programme，簡稱 UNDP）發表的《人類發展報告》，香港近年已成為全球貧富懸殊最嚴重的城市。這似乎告訴了我們，在這個家有人生活富裕，同時也有不少人三餐不繼。

我們每天都站在地球上最昂貴的土地上，香港的地價租值在全球排名三甲，更創下平均呎價逾萬元的紀錄。為了一所高價的小房子，香港人成了樓房奴隸，為那小片立錐之地勞勞碌碌，還有子女的教育費、基本生活開支，每天廢寢忘餐地工作，償那幾乎一生都還不完的債。

不知何時開始，經濟發展成為人們的共同願望，不同的經濟模式在人類歷史中此起彼落，自由市場經濟似乎脫穎而出。有人賺了幾世都花不完的錢，卻仍感不足，千方百計想再賺更多。我們常認為活得愈富足就愈光彩，走起路來也昂首挺胸；活在貧窮中的總有點寒酸，頭也不好意思抬得太高。於是，我們都利用自身在自由市場經濟中的優勢，獲取最大利益；在這不斷尋求的過程中，貪婪靜悄悄地在人心裏萌芽生根，茁壯成長，不斷蔓延。它長成一棵樹，將我們的眼睛蒙蔽了，除了自身的需用，我們看不見城市中的邊緣者，看不見活在艱困中的人，甚至至親是誰、生命必不可缺的東西是什麼，都看不見了。

當我們活在五光十色的生活中，是否能看見身旁較弱勢的人？能否以良知和憐憫，並對人的尊重，格外地作出照顧（或者，對這些弱勢羣體的格外照顧，本身就是自由經濟體系中的遊戲規則）？

我們都希望城市不斷發展，若我們沿這軌迹，發展下去會是怎樣光景？走向貪婪？走向虛假？走向無情冷漠？走向自我毀滅？只要一天我們仍見到貧窮，即表示我們仍活在貪婪中。

躺在路邊的人：

想先讓你知道，我想了很久也不知道該怎樣稱呼你。曾想喊你一聲叔叔或者伯伯，但因無法確定你的年齡，所以打消了這念頭；又想過稱呼你先生，但社會上很多人只習慣叫穿得體面的人為先生；當然也想過稱呼你為流浪漢或露宿者，但若我以你的生活狀況把你歸類或標籤，總覺得這對你不夠尊重。

當然，純粹把你稱為人，似乎表達不夠清楚；但既然你是人，我是人，我覺得這樣會較平等一點。

從某一刻起，我們的社會喜歡以各種各樣的標準來衡量人的價值，例如職業。假如我們是律師、會計師、醫生等，別人就認定我們是專業人士，社會地位和經濟價值的排位較高，應當獲得眾人尊重。

除了職業，另一個衡量標準就是財富。別以為財富一定指金錢，其實只要你穿名牌、開名車，已足以營造出一種富有形象。當然，你和我都知道，這華麗可能只是靠銀行借貸來裝飾，即人們說的空心老倌吧。但在今日的社會，誰又會看出來？空心與否倒不要緊，要緊的是立時獲得別人的尊重。

躺在路邊的人，我實在很佩服你，你可以不修邊幅，不顧別人的目光，躺在熙來攘往的路上；最妙的是你選擇躺在尖沙咀彌敦道的街頭，你是無心還是有意的呢？為什麼你不找個更配合形象的地方，比如深水埗？那就不會顯得那麼格格不入。

我本想問你，但見你睡得香甜，不好意思把你弄醒。想深一層，你可能是無心，但也許你是有意的。

我相信沒有人故意不修邊幅，然後躺在街頭，所以我猜你該是無心的。又或者你是患了重病吧……不過，我們不是聰明得連基因圖譜也拆解了嗎？醫療科技的進步不是已消滅了不少疾病嗎？但為何你依舊這個模樣？在醫療進步下，藥商靠藥物專利已賺取了不少利潤，貴婦的皮膚愈來愈嫩滑，富人甚至可以追求長生不老（我忽然想起秦始皇），你為何沒有受益？

可能你沒病，而是無法應付衣食住行各方面都不住飈升的物價吧。我們的社會不是很進步和富裕的嗎？我們每天外出用膳，都有吃不完要丟掉的食物；我們的衣櫃，掛滿長期遭冷落的衣服；我們的家，放滿簇新而等待棄置的家庭電器，為何我們的充裕不能分給你？為何我們沒法照顧社會上缺乏優勢的人，使你不致因負擔不起生活費而要躺在街上。進步和發展究竟是什麼意思？是誰在為這些讓人滿有憧憬的詞語下定義？

不過，我倒覺得你也許故意的，我猜你知道尖沙咀這地方名店林立，出入的人非富則貴，所以你認為這裏會較容易找到生活所需吧。但恐怕你會很失望，因為大部分人都只在你身邊匆匆而過，根本無暇看你一眼，即或不經意瞥見，也會無動於衷。我希望你不要怪他們，我們有時會相信，政府會對有需要的人給予社會福利照顧，再加上近年常聽到有集團操控乞丐騙取同情心，所以大家都不想自己的愛心被利用，寧願視而不見。另一個讓我覺得你是有意的原因，是你給我的信息：你用自己的生命，證實貧富不均的存在；以你瘦弱的身軀，反映出這個金玉其外的城市充斥着的冷漠和麻木。

躺在路邊的人，容我衷心向你道謝，因為你讓我知道我所身處的城市，並不如我們以為的那樣富裕豐足，也不如想像中的有能力照顧弱小。是你讓我謙卑下來，看到社會的荒謬，看到「朱門酒肉臭，路有凍死骨」的現代版。謝謝你讓我的心眼不被物慾所蒙蔽。

我希望早日有人為你披上衣服，給你找到容身之所。

康

住在鐵籠裏的伯伯：

多年前，一場籠屋火災，引起大家對籠屋安全問題的關注，於是我到了你居住的地方拍攝，遇上了你。

走進你家，我感到揹着的攝影袋忽然變得很礙事，總是左碰右撞；我得小心翼翼，一步一步慢慢走，要轉身就得更留神。那時雖是夏季，不算太炎熱，但我仍是汗流浹背，有點呼吸困難；因為你家間格着幾排鐵籠，近乎密不透風，能在鐵籠角落有把小風扇的已屬「豪宅」了。聽說曾有人為你們的家量過溫度，在高溫的日子，你們的家竟比室外高出二至四度，你是如何在此熬過許多個盛暑的呢？

記得你一見到我，立刻爬上三層高的鐵籠，我以為你怕了我的鏡頭，原來你想先穿上衣服和褲子。你的舉動叫我知道，你是個尊重自己和尊重別人的人，所以我提醒自己要對你加倍尊重。

因着我的出現，你要在酷熱中穿上長褲，實在抱歉！還有，要你待在連坐直身子都十分困難的狹小空間讓我拍照，我也過意不去。

對於籠屋，我並不陌生，但一直只是腦袋裏的認知;至身處其中，流着汗，嗅着獨特的氣味，被鐵絲網重重包圍，頭腦的認知變得有點無知。當我遇見你，我的心實在有難以言喻的戚戚然。住在鐵籠裏的，豈不應是野獸或動物嗎？為何當大部分人都住進有牆的屋子時，還有人要棲宿於鐵絲網的圈圍？

請不要誤會，我無意把你和你的朋友看成是籠中的動物，我只想很坦誠地告訴你我當時的感受。我實在不敢想太多，不想在心中出現任何對你的尊嚴有損的想法。

我無法明白，在高度發展的香港，我們的政府不是有天文數字的儲備嗎？不是很多人都説我們的經濟發展蓬勃，香港家庭每月收入的中位數已達一萬元以上嗎？為什麼你們沒有受惠於這經濟發展？為何仍會住在這樣的環境中？

不曉得你知道否，像你這樣住在鐵籠裏的人，曾經當上電影主角，也是世界新聞的焦點。

距離 1992 年，導演張之亮把你和朋友的故事拍成電影《籠民》至今，已近二十年了，很多人以為你們受惠於香港的繁榮發展，已不會再住在這裏。但當我寫信給你的時候，在互聯網搜尋一下，發現你和你朋友的故事，不單曾成為聯合國會議的討論項目，去年仍是美國有線新聞網絡（CNN）的焦點，甚至遠在挪威的最大網上報紙平台 Verdens Gang 也有報道；我猜你未必知道什麼叫 YouTube，你把它看成是全世界人都能收看的電視好了，只要在電腦上按幾個鍵，就能在 YouTube 看到有關你們的影片，還給起名為《可憐的人》。

我不知道把鐵籠裏的生活呈現世人眼前是什麼樣的感受，假如這叫你感到喪掉尊嚴和難受，那我很想對你說，千萬別這麼想；要是鐵籠的存在不能喚醒安居華廈的人們，要感到羞恥和難受的，該是我們這些受惠於經濟發展的人。我們擁有得多，但對你這位同一土地上的鄰舍，卻沒法伸出援手。

或許你會感到奇怪，你和你朋友打從六十年代開始，已經這樣子生活，都數十年了，為什麼今天會成為世界新聞焦點？

原因很簡單，因為香港的樓價最近又攀上一個新高峰；換個詞兒，是一個新的瘋狂狀態。有人住在幾千萬甚至上億的豪宅，而你們卻在籠屋；過億豪宅和呎價五十港元的居所，並存於這彈丸之地，那種落差和荒謬，不是很好的新聞素材嗎？

我希望你已脫離鐵籠生活，享受着你年輕時為社會繁榮付出，現在社會對你的回饋。

謹祝安居樂業。

康

男鐵床

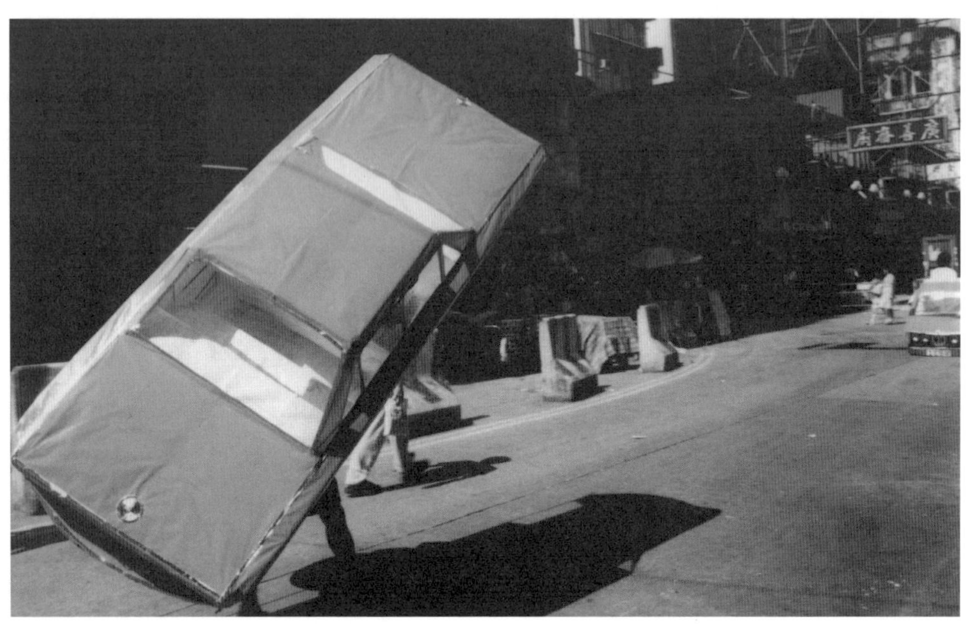

紙紮名貴房車：

你好！

政府最近提出要增加汽車首次登記稅，不知對你要往的世界有沒有影響。我想，這可能對你更有利，很多人在有生之年根本沒法擁有一輛豪華房車，家人為要讓逝者死後滿足，定會令你銷情大增。

當然，你也價值不菲，要上千元才有交易，不過最近市面上出現紙紮的 iPhone 和 iPad 等時尚電子產品，它們該會便宜一點吧，會否成為大家搶購的產品，影響你的銷量？

首先我想表明，對於你這種中國傳統手藝，我是由衷地欣賞和尊重，尤其那些維妙維肖的紙紮大屋，裏面的設備大如梳化和平面電視，小至麻將桌旁的水杯都一應俱全，栩栩如生，叫人不得不佩服師傅那份手藝。

但很抱歉，基於信仰的理由，我實在無法相信把你燒成灰燼就能讓死去的人享用。我相信人死後就如睡着了一樣，等候創造者最終的審判，判斷的準則既不取決於家財多少，也不數點名車多少輛，看的是我們一生所作，是最公平和誠實。到時不會像我們現在的世界，花錢請個雄辯滔滔的律師辯護，就能把罪名開脱。在審判台前，沒有什麼能隱藏和逃避的。所以，我覺得師傅花盡心機把你製作得美輪美奐，幾可亂真，然後把你賣掉又讓你燒成灰燼，恐怕是粹純的商業活動而已。

撇開宗教信仰不談，對於很多孝子賢孫，願意以各樣方式表達對逝者的思念和心意，我當然十分尊重。但在今天忙碌的香港，我們常常本末倒置，很多時只顧忙於生活，工作、進修增值、工作（香港人的工時之長，曾拿下世界第一），奔波於生活所需，卻沒多少時間來留意一下生命所需。生命中至重要的家人，我們放了多少心思來關愛他們？在他們離世後大灑金錢做個體面的葬禮，真的補償得了？我實在搞不清這種做法，究竟是為了撈面子，還是為過去的疏忽冷漠作點補償，叫自己好過一點。但兩者不也都是以自己的心安理得為出發點嗎？

談到自身利益，不少新聞報道，死者屍骨未寒家人就為了爭產鬧上法庭，對此我們都不覺得稀奇。假如家人失和的事，發生在我身上，任你把全世界都燒給我，我也死不瞑目；在這情況下，你便成為家人的一樁例行公事，甚至是他們補償昔日冷漠的一件工具而已……

可以的話，我情願在世時多花點時間陪伴親人，多花點心思照料他們，多花點金錢讓他們現在就能享用。待他們離世後，就讓他們享受真正的安息好了，不好把麻將呀、電視呀、房車呀（不好意思，沒有針對你的意圖）、音響呀等，數不盡的東西一股腦兒塞進他們的世界，搞得像我們的一樣嘈雜忙碌。

我有一個欠缺數據研究支持的想法，或許你能告訴我這是否正確，就是於逝者在世時愈能盡力給予關懷愛護的人，愈不介意自己死後家人會送他什麼；即使只是鮮花一束，大家都心安理得，那份情常存心裏，一切盡在不言中，毋須額外花費。

忽然想起一個問題，不是有人説鬼魂似乎是會飄的嗎？那豈不是隨時可以在任何地方出現？那麼為何他們要用車子呢？這是個有趣的問題，若你能告訴我就好，但無論如何，我會繼續思考。

但願每個買你的人都是真心真意，而不是虛情假義，甚至帶着各種的遺憾和懊悔。

康

苦行中的青年阿雪：

可能你不知道，去年你參與反高鐵苦行時，我為你拍下這張照片。

想告訴你，對於你和你的同伴能站出來，勇敢地表達自己的信念和理想，我十分欣賞（不過我可不贊成過激的表達方式）。在今天物質如此豐裕的社會，你們不是只顧自己的享受，反而關懷這個城市的人和事，實在很難得。

當然，對於你早前放下香港的一切，跑到北京當義工，幫助那些活在邊緣的民工子女，我更感敬佩。

所以我覺得，有機會的話，你要多跟青年人分享你對生命的體會，讓他們認識生命可以有很多選擇，可以活得不一樣。相信你也會同意，今天香港青年人所面對的困難是前所未有的，他們每每活在迷惘和掙扎中，實在需要有更多像你這樣的故事去激勵他們。

你對生命的選擇使我想到今日青年人的處境，在此與你分享，看你是否同意。

香港的青年人物質可豐富了，不少更早在小學階段已擁有自己的手提電話、電腦、各式玩具、潮流衣飾，甚至曾遊遍地球不少名勝。不少父母以為，讓孩子有充裕的物質，生活無憂，這就是愛；可是，不愁衣食的背後，是父母都要付出更多的時間和心力去工作，一家人相處的時間十分有限，因此在成長中彷彿缺乏了父母的愛。或許連他們自己和父母都不曾察覺，愛這東西，可不能以金錢或物質替代；加上家中沒有兄弟姊妹，學習分享和溝通的機會也大減，他們因而變得自我中心。自我中心這東西可是很多煩惱和痛苦的源頭。

除了家庭，香港的青年人在學習機會上同樣豐富，幾乎人人都能在網上學習，年紀小小已參加國內外遊學團，交流學習。不過他們面對百孔千瘡的教育制度——教育的目標是順着商業世界的需要，把他們訓練成「專業」人才。這個訓練，使他們承受了很大壓力，以致困學業困難而跳樓或自殘，於是有人提出「求學不是求分數」的說法，當然，大家很快就發現，這不過是個動聽的口號。每到考試升班、升中、入大學、求職，大家還是只看重分數。社會要求青年人的專業能力不斷提升，但卻沒有關顧他們的生命力。家長、老師、社會大眾都不能成為青年人的倚靠和安慰；當他們遇到挫折，根本不懂得面對，在孤單中，部分人會選擇就此了結年輕的生命。

再數下去，青年人的困境還有很多，最教我擔心的，是他們雖不愁衣食，卻活得不開心。有時跟大羣朋友去消遣，當然會很高興，但獨個兒回家的路上，一份莫名的空虛和寂寞卻不知從哪裏襲來，很不好受。你試過這樣的經歷嗎？

有人以為找點事情充塞所有時間便可，於是日以繼夜的打機、瘋狂購物、濫藥、飲酒、賭錢……但似乎無補於事。我想，人被稱為萬物之靈，説明了我們是有靈性的生物，所以單倚仗滿足肉體和感官的東西，其實不能填滿心靈中那個偌大的黑洞。身外之物不過是進一步把人心的空洞擴得更大。

可惜今天，不少人都被貪婪所矇騙，以為要不斷擁有，但擁有了就怕失去，於是拚命再抓更多（當然商人會跟貪婪裏應外合，為我們製造無數不必要的「需要」）。我很高興你沒有把生命的根基建築在那不能帶來真正快樂的物質上，而是學會追尋心靈的滿足。很多年輕時有理想、有夢想的人掉進物質的陷阱，終日追追逐逐，直至某天，大家都想停下來，思索自己真正需要的是什麼；但當看到整個社會的人都在拚命追求以擁有身外之物為目標，為免落後於人，惟有不由自主地繼續追趕，最後力竭筋疲，失掉理想和夢想。

阿雪，希望你能持守心中的理想和夢想，擺脱自我中心，以堅韌的生命力，追求人生真正的滿足。相信你在北京的日子，已學會以知足去對付貪婪，所以我對你是蠻有信心的。

還沒有恭賀你從北京回來寫成的《漂流到北京》，拿下了獎項，不知你未來有否計劃到其他地方漂流，然後繼續以文字擴闊我們的視野，對不同的人和生活有多一點的了解，好叫我們更懂得生存和生命的真諦。

祝你對未來要走的路，愈來愈清晰，且愈走愈精彩，得着豐盛的生命！

康

回家再發現

收到小讀者的信，問我此刻身在世界哪個角落？他們告訴我，想往外跑，親身去看看這個世界。

這本書能給讀者帶來點點的啟發，我心裏很是高興，但同時卻泛起點點憂慮。

首先想告訴小讀者，收到你的來信時，我正在自己的家——香港。也想告訴你，當你想往外跑的時候，我卻在心中籌算如何讓你看到近在咫尺的貧窮和荒謬。

近年興起遊學團，大家都想往外跑，看看這個世界，這當然很好啊。但教我擔憂的是，如果我們的心態只為豐富自己的見聞，一切從自身的利益出發，碰到的人和事在某程度上也不過是豐富我們的生命的工具。假如是從文化差異、學術交流或社會制度作觀摩、學習，我倒覺得沒什麼不妥；但若我們想走進貧窮國度，將裏面的人當成自我增值的工具，這卻使我感到很不安。

從菲律賓、巴西、烏茲別克、連南，回到香港；從近至遠，再由遠而近，是一個沉澱的過程。遠方鏡頭前貧窮人的樂天知命，確是觸動我的心靈，但作為異地的過客，能捕捉到的不過是浮光掠影，無論如何盡力，呈現讀者眼前的仍是一鱗半爪。所以在樂天知命背後，他們如何面對生活的掙扎，如何面對貧病的煎熬，不時在我心中縈繞。

當我把鏡頭的焦點從遠方拉近至自己的家，看到的又是另一番景象；露宿街頭、三餐不繼，確確實實地在我們身邊出現。他們會樂天知命，不等於我就可以視若無睹。我感到他們時刻都在向我們作出提醒，甚至是控訴。

回家，讓我對貧窮有更深的思考，也對自身有更多的反省。

我想，創造者創造這個世界時所定下的運行法則，是可以滿足每個人的需要；溫飽是每個人天賦的權利，不應出現「路有凍死骨」的景況。

但從今天實際的情況看，這個世界仍然有超過十億人每天的生活費不足 1.25 美元，即使聯合國在 2000 年曾邀請世界各國領袖制訂，在 2015 年前達成的「千禧年發展目標」，希望將貧窮的人口減半，但進展卻一直差強人意。

究竟問題出在哪裏？

我仍然相信，創造者的運行法則的確可以滿足每個人的需要，但卻無法滿足人的慾望。需要可以被滿足，但慾望卻是無底深淵。

然而，今天我們都被慾望支配。

貧窮無法被消滅，是貧窮的人出了問題？我看到的，似乎是不同經濟體系中強勢的人出了問題，走錯了方向，被慾望蒙蔽和綑綁，無法走出慾望的深淵，不斷攫取超過自身所需要的，把自己和弱勢的人一直往下壓。

不少人都聽過「給他魚吃不如教他釣魚」的故事，可以的話，我想為這個故事多加一段，就是要教曉那些已釣了很多魚的人，不要再釣多過本身所需要的，否則任我們如何教導不懂釣魚的人也無濟於事，因為海裏的魚早被釣光了！

我無法為「需要」和「慾望」下定義，也沒資格呼籲什麼，因為我自己也不過活在那無孔不入的慾望中。只希望當貧窮在身邊出現時，我可以稍為清醒一下，減少一點慾望，為貧窮人多留一點機會。

附錄：得獎心語

《貧窮旅程的光影情書》初版榮膺第八屆（2005 至 2006 年）香港中文文學雙年獎的「兒童少年文學組推薦獎」，莫鳳儀校長和孫愛玲教授，都是這屆兒童少年文學組的評審。本書特刊載兩位評審分享對本書的感想，以供讀者捧讀。

富足心靈

活在這個自由開放和色彩繽紛的大都會裏，人們每天都營營役役地去追求自己的夢想，急促的生活節奏令人喘不過氣來。大家可會仍感到心靈富足呢？

2005 年夏至，我以中文文學雙年獎的評審身分，翻閱四十多本新作，赫然發現一本以貧窮旅程為主題的光影情書，正好提供了答案：「真正的富足不是你擁有很多，而是你需要的很少。」

作者馮志康先生一度跟隨「無國界醫生」的隊伍，充當義務攝影師，一方面實現他童年的夢想，提起背包去流浪；另一方面，也好好體味貧困及簡樸生活所展現的另類人生。

作者透過寫給菲律賓、巴西、烏茲別克，以及連南各地朋友的書信，帶出一個重要的信息 —— 活在貧窮裏的人們，不受物質慾望的支配，也不會感到生活的空虛；有的只是純真、美善、歡樂和心靈的富足。

馮先生以簡潔的文字，情真意切地寫出親身體驗貧窮落後地區的情景，內容不浮誇、不做作，洋溢着一片人間有情的溫馨感覺。字裏行間盡顯關懷與愛心，令讀者呼吸了一股清新的空氣。這正是現今社會需要的一道清泉。

馮先生的旅程正好喚起我多年前到中國山區探訪學童的種種回憶。孩子們沒鞋穿，每天赤着腳步行數小時，才可以回到微光暗淡的教室進行課堂學習。那兒無疑環境簡陋，設施貧乏，我卻看到一雙雙珍惜欣賞的眼神、歡欣可愛的笑臉。他們的神態悠然自得、天真無邪，擁有一份一無所求的滿足。在他們身上，找不到文明人的枷鎖、慾望、憂慮、貪婪或自私；怪不得呈現眼前的，只有燦爛的笑容和開朗的笑聲。

生活相比充裕的青少年讀者，你可有想像在「垃圾山」中過活的滋味呢？請好好裝備自己，既要愛惜家人，也要珍惜一己的才能，還要保守自己的人格。縱然不幸遇上貧困的時刻，也請保有尊嚴，憑着自己的能力去爭取求學或工作的機會；抱着敬業樂業的精神，培養樂天包容的美德。那麼，貧窮的日子定會迅速遠你而去！

但願你永遠擁有富足的心靈、健康的身體、良好的品格和快樂的人生！

莫鳳儀
啟基學校校長

望穿天涯迴旋路

——評《貧窮旅程的光影情書》有感

馮志康在少年的時候，就很想到貧窮的地方流浪。上天有感他那善良的心，為他的人生安排了旅程，使他的夢想成真。

他到了菲律賓、巴西、烏茲別克、連南，把看到的貧窮，用照片和文字記錄下來。他所看到的貧窮人物，主要是孩童、少年，還有未成年的媽媽，都是貧窮的弱小人物。他們的生活在他光影下拍成照片，然後以他的視角去觀察和感受，用文字完成了《貧窮旅程的光影情書》。

作者對這幾個國家先作簡介，列明立國的年代、國家面積、人口、出產，以及國民收入等；然後以「我」這個敘述者的角度，去觀察去感觸，再與貧窮地區的「你」對話，述說心曲，述說「我」和「你」對比下的悲和喜。

「你」，包括了菲律賓那三個進不了遊樂場，而在外面徘徊的少年；巴西的小天使 Eronice 和烏茲別克那專心製造工藝品的童工等等。志康常感自己虧欠，又富同情心。他的文字帶動讀者的心，與他走這一回的貧窮旅程；而照片也很自然牽動讀者的惻隱之心。

作者與這些弱小的一羣，有正面、側面、背面的接觸，幫不了他們多少，卻盡所能給予關懷、同情，因此字裏行間的感想和歉意是沉重的。同時，他也指出貧窮的存在，如生活的鏡子，其實有正反兩面。以生活富足和溫飽為理所當然的人，總不該忘記生活還有它的負面。而貧窮生活光明的一面，也正把富足生活的負面顯示出來。

面對貧窮，我們多少時候是視若無睹，或不能正視，或是一無所知。《貧窮旅程的光影情書》帶我們進入這世界的另一面，讓我們多了解人生。願這書再版又再版，為我們生活在正面或反面的人都獻上祝福。

孫愛玲
新加坡南洋理工大學
國立教育學院助理教授

得獎感言

寫這一本書，是想把世界上某些角落某些人的需要，呈現在另一角落的人眼前。獲頒第八屆香港中文文學雙年獎的「兒童少年文學組推薦獎」這個獎項，能多吸引幾個讀者看這書，多吸引幾個人去關心貧窮角落的一些需要——哪怕只是心裏默默的祝禱——仍會叫我感到高興和滿足。

馮志康
2006年8月

CITY & Me

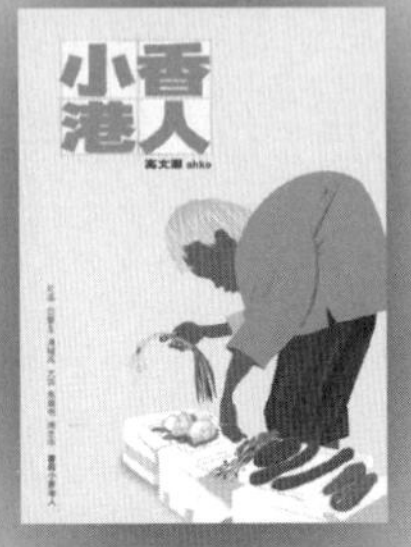

《小香港人》　作者：高文灝 ahko

每天相遇的陌生人，未必有錢，未必美麗，有時甚至騎呢到暈，但他們都卑微而善良，一個身影，一個小動作，在阿高筆下成為一幅幅人文風景，可以是你的街坊，是你的鄰舍，也可以是你。
本書邀得可洛、白雙全、湯禎兆、大泥、馬國明、周思中一起撰文，共同書寫小香港人。

《漂流到北京》　作者：曾雪儀

本書根據真人真事改編，年輕香港女生隻身跑到北京的外來打工子弟學校當志願者，在盛世輝煌的北京城中，她看見一個邊緣族羣的生活境況。
作者寫出了弱勢農民工子弟在角落的掙扎，少年人的夢想，是否只能給擱在大城的邊緣上？

《我將你的頭殼打開了》　作者：陳俊賢

這本書，出自一個腦神經外科醫生的眼、手和心。
生動緊湊如臨現場，幽默親切如沐春風，
然而又帶着點點傷感與無奈。
每天接觸的是主宰生死的大腦和神經，牽一髮動全身，正是如此貼近生死，一個腦科醫生看到的人生悲喜，有血有肉，鮮明透徹，體悟至深。

《輔導迷室》　作者：區祥江

都說輔導室是一個虛擬的空間——
刻意經營的體貼舒適，
職業包裝的親密可靠，
專業約束下的安全保密，
當輔導室的門關上，
一日之中，一室之內，
可見與不見，自覺與不自覺，
輔導員與受助者之間，
是你想像以外的輔導故事。